JN113668

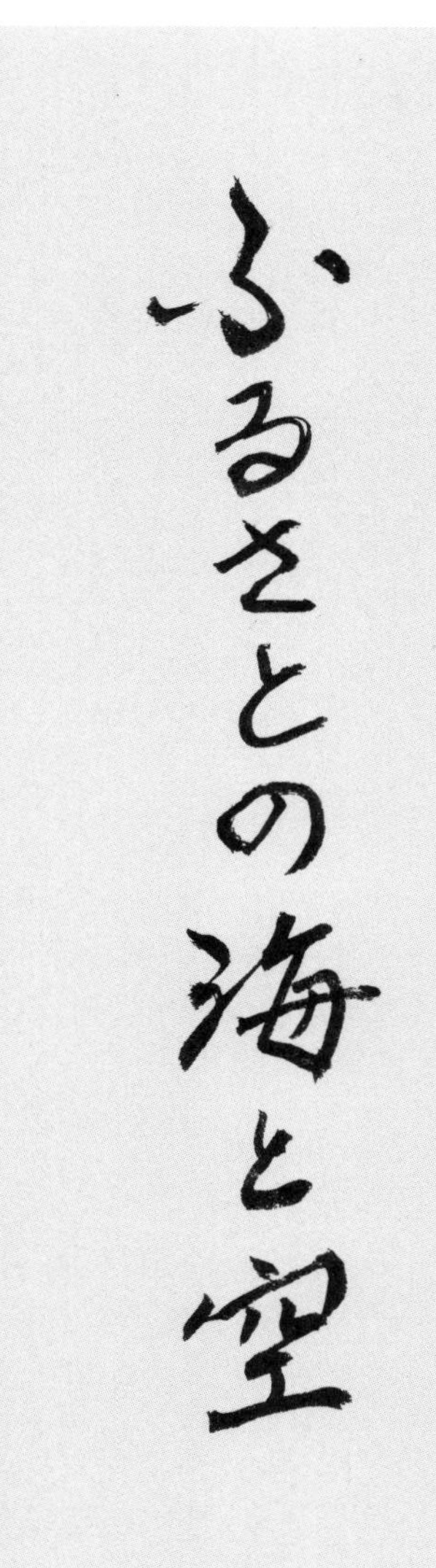
ふるさとの海と空
二見剛史

序文
——湯川博士とアインシュタイン博士との出会い——

自分の人生体験から、人間は、自分の努力もさることながら、人に教わり、影響されて、しらずしらずのうちに成長することが実に多いと思うのです。どんな師に巡り会えるか、だれを友人とするか、どんな人を仕事仲間とするか……それらすべてが掛け算となって効果を発揮してきます。人生は〝巡り会い〟であると言えるのではないだろうか。

ところで、二〇一六年十一月、二見剛史先輩の著書「日中の道、天命なり——松本亀次郎研究」をお送りいただいた折り、その優れた内容に感動するとともに、人間の一生において「出会い」がいかに大切であるかを感じ出した。その人物に会わなければ自分の運命は大きく変わっただろうというように宿命的な出会いもあると思いました。御著書に書いておられるように、松本亀次郎が中国人留学生の日本語教育と深くかかわりを持つようになった転機は嘉納治五郎との出会いではなかったかと思う次第です。

そこで私の尊敬する湯川秀樹博士とアインシュタイン博士との出会いについて二見先輩に紹介しましたところ、関心を持っていただき、続いて「序文」をもとめられました。

以下にその出会いのエピソードを紹介させていただきます。

湯川秀樹博士が「中間子」仮説を日本数学物理学会で初めて発表したのは一九三四年、まだ二七歳の若さだった。湯川博士の「中間子仮説は一部の学者からは注目されたものの、物理学界全体では殆ど「鼻も引っ掛けられなかった」らしい。また第二次世界大戦が勃発した為に検証どころではなくなってしまった。英国の学者によって実証されたのは戦争終結から二年が経った一九四七年（論文発表から十三年後）で、中間子が実在したことはビッグ・ニュースとなって世界を駆け巡り、これを受けて一九四九年、四二歳の湯川博士は日本人で初めてノーベル賞を受賞された。

このノーベル賞受賞の前年、湯川博士はオッペンハイマー博士からアメリカのプリンストン高等研究所の客員教授として招かれ、その後の人生を変える重大な体験をされる。オッペンハイマーはその昔、彼が関わっていた専門誌へ湯川博士が投稿した「中間子論」を一笑に付し、論文掲載を拒否したことがあったらしい。その後、自身が開発を指揮した原爆が三年前に日本へ投下されたことへの自責の念もあり、湯川博士を世界トップクラスのプリンストン高等研究所へ招いた。

湯川博士が米国に到着すると、すぐにある人物が研究室を訪ねて来た。なんとアインシュタインだった。湯川博士は扉を開けて驚かれた。世界最高のヒーローでもある、七〇歳になろうかというあのアインシュタインが、湯川博士の両手を握り締めて激しく泣き出したのだ！　そして、何度もこう繰り返した。「原爆で何の罪もない日本人を傷つけてしまった……許して下さい」と。

原爆はアインシュタインが一九〇五年に発表した特殊相対性理論を基にした兵器だった。アインシュタインはナチスの迫害を受けてアメリカに亡命したユダヤ人。彼はヒトラーが原爆の開発に着手したことを知って危機感を持ち、一九三五年、ルーズベルト米大統領に対して「絶対にドイツより先に核兵器を製造せねばならない」と進言していた。

目の前で世界最高の科学者が肩を震わせて涙に暮れている姿を見て、湯川博士は大変な衝撃を受けた。「人間」アインシュタインの良心に触れた湯川博士は、学者は研究室の中が世界の全てになりがちだが、世界の平和なくして学問はないという考えに至り、以後、積極的に平和運動に取り組まれた（繰り返しますが、湯川博士が平和活動をされるきっかけとなったのはアインシュタイン博士との出会いであったと言えます）。

ところで、私が京都大学院時代、研究の道に進むことを決意したのは、少年時代から憧れていた湯川秀樹博士の「創造性は人間誰にでもあまねくある」という言葉に出会ったからです。大学院博士課程終了後、近畿大学理工学部教員として採用され、定年まで教育・研究生活を送ることになりました。幸いにも優れた共同研究者に恵まれたお陰で、二七四報の論文を発表することができ、日本化学会学術賞、日本錯体化学会賞など受賞にも繋がりました。

その私が今、現存するのは、両親がいて、故郷があったからだという現実は否定できません。それ故、人間は生まれた故郷を去ることはできても、故郷と無関係になることはできないのです。故郷は自分の人生や大切な人を思い起こさせます。私たちは、故郷を背負って生きているといえるのではないでしょうか。

私の大切な故郷溝辺町（現霧島市溝辺町）との繋がりをより強くしていただいたのが同郷の二見剛史先輩です。

霧島市がいつまでも活気ある故郷であることを心から願っている私たちです。

二〇二三年八月七日

竹馬の友　宗像惠

第一部　學びの窓

第一部　目次

〔以上38編〕

出典『モシターン』（国分進行堂）
２０１９年５月号〜２０２２年６月号

一　村境は文化発祥の地

庭の翁草（おきなぐさ）が第20回本城（ほんじょう）絵手紙大会で求めた3鉢を加え8株となった。菱刈は大隅国の別天地、志學館の創設者・志賀フヂ先生出生の地でもある。この半世紀、県内外の名士をご案内してきた。先達っては静岡県の鷲山恭彦氏と久保敬町長の面談に陪席する。氏は大日本報徳社々長で松本亀次郎顕彰会長、私とは日中友好関係で今おつきあいを続けている。

久保邸はカッパ天国、在職中の庁舎も図書館だった。地域再建の勇士と讃えるべき溝辺出身大坪徹君急死の折には久保町長さんから長文の献詩を賜わり熱き友情にみんなで涙した。その後も令夫人より私達にもお便りをいただいている。

伊佐農林では溝辺中の卒業生たちも学んできた。霧島市副議長を勤めた同期生木場幸一君もその一人、大口高には中村文夫校長ご在職の頃、溝辺の花を土産によく訪問したものだ。ちなみに私の長姉平川トキエは大口高女の卒業生、二見貞志叔父は昔大口小で教鞭をとっている。

霧島市は旧一市六町、どこからでも連山がきれいに見えるが、丸岡や上床の桜も美しい。平成31年弥生の夜、さくら館ロッジに姶良市在住の松下春義君と投宿した。山口県で大学教授となり、英語学者としてオックスフォードをはじめ国際社会で活躍してきた下笠徳次君は横川町出身である。彼の要望で隼人町史談会の有川和秀会長に山ケ野～永野金山の遺跡を半日かけ案内してもらった。

四半世紀前、鹿児島県文化協会副会長で県議をされていた林憲太郎先輩の音頭で『姶良の文化』を正続二編出版したことがある。その折り、各地の有志からふるさとへの提言をお願いした。下笠君からも熱き思いが寄せられている。

春先のさくら館ロッジには地元の福原平・愛甲信雄・槐島義則・真田俊・永山作二の各氏が下笠氏を囲みグローカルな話に花が咲く。高校生時代下宿されていた加治木の二見勲さん宅御一家の３兄弟も同席された。翌日は光明寺ご住職の前原寛先生宅を訪問、かつて横川駅から永野金山まで馬車が走っていた話など承る。

『モシターンきりしま』同人の大半は地元在住の方々だ。赤塚恒久社長ゆかりの仲間が多角的見地から〝ふるさと〟のこし方ゆく末を論じ合っている。新元号〝令和〟にふさわしい環境づくりを市民の努力目標にしてはどうだろう。

二　国境は文化交流の泉

島国日本……四方を海で囲まれたせいか、地形的には守られ易いのだろう。国土が一体化したのは江戸時代以降、標準語が定められたのは明治中期ともいう。学生時代、他県の友が「鹿児島弁はさっぱり分からない。第三外国語として教えてくれないか」と言ったのを思い出す。県外に出て自分の言語能力も標準語並みになったようだ。但し、アクセントはいつまでも鹿児島弁、その後Uターンして逆にふるさと方言に変な自信を覚え、「モシターン」な会話を続けている。

国立教育研究所に来ていたスイス人が言った。「日本はいい。スイスでは学校が変わると子どもたちは教科書まで買い直さないといけない。何しろ公用語が四つもあるので」と。ベルギーも自国語はない。それでも国は成り立つようだ。

かつて、インド（ムンバイ）の子ども達と会話の折り、彼らはヒンディ・マラティ・サンスクリット・フレンチ・イングリッシュの5つを学ぶと言う。「アンドジャパニーズ？」と聞くと「日本語は難しいョ」と答えた。でも、山とか川、木とか森…象形文字を並べると興味深く話に乗ってきた。南アフリカでも漢字に関心を示す高校の先生と話した。

溝辺鹿児島空港近くには美味しい韓国料理店がある。洪周顕社長によると、韓国では朝鮮語が中心だが、最近、日本語、中国語、英語等を幼時から学ぶ子が増えたらしい。日韓交流で来日の子どもたちも日本語で自己紹介しあっている。思わず私も「チョンマル・カムサハムニダ」と対応したらニコニコしていた。溝辺では山口紀史さんのご子息が韓国に留学した。県内各地のご家庭ではどうだろう。世界中を見渡すと、バイリンガル・トリリンガルな家庭や学校が増えていく。同時に、各地で興った文化、特に音楽や絵画等は縦横に広がるわけだろう。

私は「自ら地球市民になりたい」という理想を抱いてきたが、当面、言語文化の世界地図をつくる仕事もいいなぁと思い始めている。海外体験では行く先々に必ず日本人がいた。高野山の僧たちは外国人をもてなすために英語等をしゃべるらしい。若い世代はどんな国際交流をしたいのかなあー。楽しみだ。

世界平和や環境問題を考えるための参考書づくりを生涯学習社会に生きる市民の実践課題にしてはどうだろう。

三　北海道から眺めた世界

枕崎と稚内（わっかない）によるコンカツ友好の先見性を学びたくて、六月四日、日本最北端の宗谷岬（北緯45度31分）を初訪問した。

今回は北海道情報大学での世界新教育学会（ＷＥＦ）で研究発表したわけだが、島国日本から世界平和や環境問題を考える提言をなすために、アジア・欧米諸国に加えロシアとの友好関係も学習したいものだというわけで行動したことになる。

宗谷の丘陵に立ち、随所に建立されている記念碑や墓標を眺めていると、北の人たちも真剣に平和への道を探求しておられる様子が身近かに感じられた。

維新後百五十年、祖国日本の成り立ちを考えてみる時、鹿児島発信の文化論も若干修正を要求されるのではないかと感じ入った次第、北端地視察は大切な仕事なのだとしみじみ思った。

学会では、先達の研究業績を継承したいという若者たちの真剣な姿が目にやきついた。シンポジウムのテーマは「北海道の子どもたちから見える教育の未来」である。道や市の教育委員会も後援しているフォーラムだった。ちなみに鹿児島県では二〇〇三年夏、志學館大在職時代隼人キャンパスで全国大会を引受けたことがある。

その後約十五年、研究者の関心は全国的交流に移行している。北海道や東日本からも九州に来られたので、そのお返しに私も北の大地に飛んでいったわけだ。今回のフィールドトリップは「北海道博物館～開拓の村」だった。アイヌ文化への認識を高めつつ近代日本の歩みを広い視野に立って考え直してみる契機となるプログラム、松尾記念館で学生たちが演じたヨサコイの熱気も大会にふさわしい。大会テーマは―主体的・対話的な深い学びの実現を考える―だった。会場校の開学理念「情報社会の新しい大学の学問の創造」に呼応したもので、「多様な学生の増加に対応した教育の質的向上」をめざす私たちへのメッセージだ。実行委員の皆さんに感謝する。

外の風景では一五〇〇haの広大な牧場、遠く近く約三千頭の牛たちの姿が印象に残る。霧島山麓に道場を築かれた薬師寺翁、竹中翁、萬田翁らが若き日学ばれた北海道の山野、諸賢の実践を九州人として追体感した思いだった。竹馬の友・池田憲昭君や東京時代の教え子・佐々木弘君とは懐かしの再会、有難い旅だった。

四　各地に咲かそう友愛の花

昭和55年Uターンし最初に体験したのは母サトの米寿祝、約百名の集まりだった。わが家は両親とも多産系で父方55人、母方38人の従兄弟従姉妹がいる。父は母子家庭に育ったので、母方の祖父野元宗七が家族写真には必ず出てくる。

父は鹿児島師範、母が鶴嶺女学校出身なので、少年少女期の両親は学び舎で良き師友に恵まれ、子育てにも力を尽す。教員人生は新城・横川・溝辺・山田・柁城・丹波・湯田・大口・敷根を経て県都鹿児島の島津文化住宅に落着く。末っ子の私はそこで生まれ津曲の鹿児島幼稚園に通った。

そして終戦、不在地主の宿命で父祖の地溝辺村有川竹山で農業を再開、末の3人は溝辺小中、加治木から福岡に進む。私の場合、研究生活に入り、恩師の導きで上京、全国行脚の道を拓くことができた。姉たちも福岡に就職する。

少年期は溝辺中学校が拠点だった。卒業証書は岡山秀樹校長から渡され、先生ご一家から終生の励ましを受けた。令夫人がクニ様、令和元年六月十六日、ホテル京セラでの百歳祝宴にご招待を受け、歌を刻んで感謝の意を表明する。

良き先祖、子らに恵まれ　友愛の
　花咲く人生　百歳祝宴
永しへに生きませ、われらの大恩師
　クニ様上寿　喜びの朝

ちなみに、「友愛の花」とは母校校歌の一行、作詞者は岡山校長の同級生蓑手（みのて）重則先生だ。作曲者武田恵喜秀先生と共に昭和五十九年二月、母校で「校歌の由来をきく会」が企画された頃、私は志學館大学に勤務していた。山も海も空も見えてくるようなスケールの大きな教育者のお話を後輩やＰＴＡ会員、新旧職員の皆さんとご一緒に拝聴する。友愛とは「自然の生命を感得するところから出てくる」らしい。母校を介して教育者魂を自覚できた日を懐かしく思い出す。

　定年後十余年、先達の大半は逝去され、傘寿の今、同級生も続々と天に召されてゆくが、先日は大阪在住の桒迫（くわさこ）正巳君が御子息と帰省されたので呼びかけあい十数名集合、「友愛の花」を皆で咲かせた。

　社会をより良くするための秘訣は「愛と感謝」だといわれる。まず、身近な家族や友を大切にしたい。妻も喜寿の大台に乗ったので、子らがささやかな内祝を企画してくれた。乾杯‼

五　医療センターは新大学

霧島市薩摩義士顕彰会の仲間が怪我で「霧病」に緊急入院との報あり、吐く息も苦しそうなので心配したが、数日後、奥方から「目を開きましたョ」との朗報、早速同志に伝えた。

わが家は十年ほど前、妻が大病をして以来年1回の定期検診、薬は地元で貰う。検査はたっぷりかかるため、当日午前中は待合室で読書・絵手紙・エッセー執筆等を楽しむ。市民間のつきあいが進み、静かな再会懇談はよくなされる。看護師さん達も親切で、文化サロン的雰囲気。

戦後小1のとき兄が19で病死した。その悲しい出来事は幼な心に医学の重要性を気付かせてもらう。遠縁の名医・佐藤山人（やまと）博士が平素「医は仁術だ」「社会的健康を」呼びかけられたこともあり、町ではいち早く「増健運動」が進んでゆく。

霧島の市民憲章・宣言の一つ「増健・食農育」の源流は、案外溝辺かも知れぬ。「道義高揚・豊かな心推進」運動は「国分さつま会」の実践から始まったが、まもなく50周年の節目なので記念行事が計画されている。

霧島始良地域では文之（ぶんし）和尚に学んだ先達も多い。加治木の安国寺には国指定の墓があるので、今秋四百回を迎える文之忌には記念法要を企画、すばらしい。先日黒川浜の新公園を見学した折りに、観光地図を眺めたが、文之墓の説明は忘れられていた。文化財研究は町境市境を越えてなされるべき分野、薩南学派の流れを広域的立体的に位置づける仕事が待たれる。文教的風土づくりを推進するためには、もっと入念な連携が必要だと思うのだけどナァ。

二見家は曽祖父が江戸末期寺子屋的「塾」を開いていた家系らしいので、「健康な社会を築く」という夢を持たされて育った私、進学先の大学では『教育と医学』なる月刊誌が出版されていたこともあり、「学校」や「病院」や「文化施設」は〝友愛の花〟を咲かせるための楽しく美しい舞台でありたいという認識を深めた。歴史研究の大切さを学んだおかげである。

ライフワークにした人物・松本亀次郎を例にとると、彼を留学生教育の父として世に引張り出したのが嘉納治五郎、竹馬の友が吉岡弥生（やよい）（鷲山）女史、中国人では魯迅（ろじん）や周恩来だった。「学生は楽しみ有るを知って憂ひあるを知らざる楽地に在って渾然陶化せられ」るという持論の教育者を私は心から尊敬している。

六　平和への道を探そう

葉月に入ると「戦争と平和」への意識が新たになる。今年も広島や長崎で全国慰霊祭、地元での終戦記念日は大川内岡（おこつのおか）に村人約50名が集い黙祷した。溝辺の戦没者は約三百名、慰霊碑には全員の名が刻まれている。内五名は過疎化急進中の竹山集落の青壮年皆二見姓である。従兄（いとこ）正人さんの名に接すると伯父母の顔が思わず浮んでくる。

東京在住の頃、上床公園に特攻碑を建立する呼びかけを受け、溝辺会も協力した思い出がある。ムラでは例年四月上旬霊祭が開催されたが、最近は終戦の日に集うこととなっている。一方、今年の夏GENの山元正博氏が特攻遺跡をきちんと整え、全国規模の慰霊祭を企画された。すばらしいことだ。尤もこの日はムラ主催の式と重なるため私は遠慮し、見学は当日午後ゆっくりさせていただいた。身近な先輩が白木の箱で帰還された風景を幼な心に覚えているので複雑な気持だ。全国各地の八月十五日慰霊の式は今、どんな段取りでなされているのだろう。

韓国あたりでは「光復祭」の名で祝日にしているようだ。世界大戦の最期（さいご）を世界の各地ではどう位置づけるのか、たとえば靖国問題、これは国際的に解決しなければ永遠の平和は来ないような気がする。仁や恕（じょ）そして和の語義をヒューマニズムやアカデミズムに照らして考える秋（とき）が到来したのではと切に思う。

生涯学習社会の中でシニアの私たちも熱心に勉強を続けたい。先日、隼人町史談会事務局の満田光一さんに誘われて出鹿、漢学の権威松尾善弘先生から西郷隆盛漢詩の講義を拝聴した。先に溝辺在住の書家池田紀典さんより「耐雪梅花麗」の書をいただいたので、この漢詩がどんな背景で出来上ったのか知りたくなり、勇んで受講したのである。会場には日中友好協会の県代表海江田順三郎翁も同席されていた。卒寿を乗り越え益々研究熱心なご長老のお姿に感服の至り。

西郷隆盛は外甥（がいせい）政直（妹コトの三男・市来助六）が明治五年アメリカ留学出立の際、この詩を贈られたらしい。政直さんは彼地で客死され、学習成果を生かす時空は少なかったが、後世の我々はその高き志を受け継がねばと思う。

オリンピックの東京誘致に尽力した嘉納治五郎は「文武不岐」を力説しており、西郷さんの信奉者だといわれている。

七　故郷のこし方ゆく末

九月十月は友愛の花を眺めつつ人生の秋を確かめる日々であった。身近かな人と花を手折り、「故郷の空」や「赤とんぼ」を唄いながら交流した。永久の別れに涙する日もあった。溝辺中の級友時任初男君の葬儀は彼岸のさなか、その二日前には父方の今吉フミエ従姉が百歳で旅立たれた。

一方、妻の喜寿・夫の傘寿を祝ってくれる家族や友人の励まし、大学生の孫が東都から帰省後自動車免許を取った夏休み、太陽と水が父祖の地に黄金の波を立たせ「新米」を待っていた知人宅を訪問する楽しみと続く。

こうした実りの一角に研究者たちとの再会交流もいくつか実現した。六月北海道出張に続き、九月には静岡県、十一月には玉川っ子と枕崎訪問が予定されている。志學館大学創立四十周年記念式にも招待されており楽しみだ。霧島生活農学校や二見塾で妻の絵手紙人生や山下久代女史の愛の詩を直かに聴きたいという話が生まれ、それぞれ約70名溝辺に集まって下さり小さなアカデミーが実現した次第。

わが八十代はこのような動きの中で始まった。体に若干老いを覚えるが、心は何だか青春に舞い戻った感じだ。生物学上の発達観に基づいて心理学者波多野誼余夫氏らが提言しておられる「円熟期」に入ったといえるかもしれぬ。先に逝かれた先祖や友人の分まで長生きしたくなる。

九月二十九日には静岡大学で学会発表をした。「日中友好の先駆的実践」と題し、ライフワークにしている日本語教師松本亀次郎と中国人留学生周恩来の師弟愛について説明。会場には甲南大学国際言語文化センターの胡金定さんも見えていた。彼は神戸で老子会を主宰されている。また、かつて加治木の椋鳩十文学館作文募集で入賞された大木・穐山両君の親御さんたちとも再会できた。

掛川市に大日本報徳社がある。江戸の昔、お家再興から村落振興へと発展し、後世に大きく貢献された二宮尊徳翁の記念館初訪問も印象に残る。

生涯学習社会で求められている生活態度は大自然への感謝と地域や国境を越えた友好交流を大事にすることだと思う。荒木とよひさ作詞作曲「四季の歌」には「秋をあいする人は心深き人」とある。この秋も、「新米」教師よろしく、故郷の越し方ゆく末をみんなで語り合いたい。

八　瑞穂の国の美しい風景

古来、人間は真善美三位（さんみ）一体の徳を求めて努力してきた。祖国日本では、春夏秋冬、四季折々に良さを味わいながら、天地人の総合を目指している。昭和平成を経て愈々二〇一九年師走、令和の新米を神棚に供えた、美（うる）わしき風景である。

ところが、大自然は時々いたずらをする。十月中旬の天災から何を学ぶべきや。濁流に埋もれた村々の姿に、テレビに釘づけだった。敬愛すべき自然が恨みの対象と化す。藤村は千曲川の様子をどんな心象で描くだろう。憧れていた山国の風光から一転、隣人の苦しみを前に涙する。

歴史を辿ると、苦労続きの農村が目に浮かぶ。宝暦治水で一番喜んだのは農民達、しかし、近代以降も地主小作制で村人達はどこまでも貧しかったようだ。

江戸時代、荒れた田畑を掘り起こし、家の再建・ムラの再興につなげた尊徳の努力などをもう一度見直してもいい頃だ。隣人愛の権化・薩摩義士の仕事も大事な史実、今世紀に入り、人類最大の関心事は地球環境問題だといわれている。種々な視点から各界各層の提言や実践報告がなされている。たとえば、創建筒井信之氏らの活動、岡山大の中藤名誉教授は森林法・河川法のドッキングが大切だと指摘された。環境問題の研究実践打開策等の成果を統合しつつ前進したいものだ。

傘寿に達した今、真心と感謝、謙虚さがどれほど大切な徳目かを再認識する。この夏は竹馬の友らと再会、中には溝辺中卒業後初めての同期生もいた。一方同窓会に集まる数以上に天に召された師や友も多い。静かなふるさと風景だ。

朝、ホテルの窓から東の空を眺めると高千穂の山際(やまぎわ)に真紅の太陽が出て合掌!! 天空の片隅ではＨＡＹＡＢＵＳＡが宇宙から眺めていたらしい。

点から線、線から面、面から球へとひろがる時空、多くの恵みに感謝しながら、今後共、子ども達と一緒に、新しき時代をきちんと生きぬいてみたいものだ。

十一月初旬には学校現場で「地域が育む〝かごしまの教育〟県民運動」がなされていた。私は学校評議員を拝命している御縁で、数校の自由参観をさせてもらった。Ｍ病院待合室に置かれている南日本新聞社編集『心にしみるいい話』の中では、豊釜豊志先生が終戦時、ビルマでの思いやりを受けた紹介記を発見した。随所に読むべき本があることを知るべしだ。

九　ゆく年くる年を考える

令和新年睦月に入る。師走の時空から「ゆく年くる年」を考えてみた。

昨年はわれながら元気に良く歩いた。行く先々に新発見があり出会いや別れもあった。信頼尊敬を深めあう人間関係も自然に築けた。忘年会は６回、楽しい年末、「人生って本当に面白いナァ」と思う。

一番うれしかったのは、十年来の活動「霧島市薩摩義士顕彰会」の実績が住民や報道諸機関にも評価されてきたこと、「治水工事の成果を一番喜んだのは農民だ」という私たちの提言——夢の真実性に対する感謝の念が湧いてくる。私達はこのことをきちんと理解してきただろうか。治水事業を「川筋直し」として実現されていた先祖たちの力に先ず敬意を表し、私たちの世代もそうした技と心をしっかり受けつがねばと思うことである。

私は東京からUターン後、父祖の地で小農兼業に入って30年余だが、歴史の重みをやっと感じとれる年齢に達しつつあるような気がする。報恩感謝と道義高揚を一体化して互いに励まし助け合いながら前進する姿ほど尊いものはなかろう。

どんなことも一人や二人の力で成されるものではない。大局的には、一般大衆の幸せを願いつつ、もう一段二段高い次元で理解を深め励ましあう姿勢が肝心だ。郷土が生んだ二人の研究者・教育家を紹介しよう。

まず、溝辺出身の宗像恵兄、元近畿大副学長の理学博士から湯川秀樹とアインシュタインとの出会い風景を教えてもらった。「私たちが開発した原子爆弾が広島や長崎の市民を犠牲にしたこと、本当にすまなかった……」と涙を流されたらしい。

もう一人は姶良市出身の堀川徹志兄である。京都外国語大学の創設者森田一郎・倭文子(しずこ)ご夫妻のことを教えて下さった。堀川元学長(現理事長)からは同大の「全方位教育による国際貢献」について伝えていただく。ちなみに森田氏ご夫妻の媒酌人は湯川博士、現総長は嘉一氏である。

国際貢献は今や世界的視野の中で実践されている。面から球へと拡大する動きの中で、私たちも先進的理論や実践に進みたいナァーと啓発される。二人は関西で活躍中だが、母校加治木の同窓生として暖かなメッセージを交わしあっている。

今年の二月中旬には静岡県掛川市で高校生向けの講演を依頼された。私の研究提言にも光があたってきたのだろうか。

十　国境や時代を越えて

令和新年の日本だが、世界情勢を見ると中東あたりはまだまだ荒れ模様である。フレッシュマンの頃、大学図書館のロビーでイラクの青年と親しく語り合っていた。辿々（たどたど）しい日本語や英語を介して小さな約束ができ、英字新聞の社説editorialを二人で読み合うことになる。そんな或る日、勉強不足の私は迂闊にも「君の国は若いから……」と言ったら小さな口論になった。「僕の国イラクは何千年という歴史を有（も）っているんだョ」「日本に来れば東洋医学のことまで勉強できると思って留学したんだ」「……」「ごめんなさい。」国際友好を実践しようと思い外国人とも語り合っていたのにその志がこわれそうになった。二人は学部が異なりキャンパスも離れてしまうため、その後は対話しないまま半世紀以上経過した。今頃になって「どうしているかナ」と心配する始末、「日本にもイラクに関心を持ってくれる若者がいたわけなのに……」と反省。

学部に進み大学院を経て助手一年後、九州を離れ『日本近代教育百年史』編纂という国家的事業にご縁をいただいた頃から、私はまず日本全体を学び直したいとの思いに変わった。三十代は仕事柄東奔西走、その延長で、Uターン後は県の文化協会長や県史執筆陣の一角に推挙され、夢は少しずつ叶ったが、近年、賀状をやりとりする関係から見ても視野が狭くなっていることに気づく。地元鹿児島での友好が主軸となるが、親族訪問の楽しみは次第に小さくなってしまいがちだ。

今年の賀状には妻主宰の絵手紙塾で学びとった自作の天井画をコピーしてみた。霧島連山からの日の出風景を知人の目にもとめてほしいと思ったのだ。「天地有情の表現が良いヨ」と北海道の友がほめてくれた。

高校時代社会科の授業で大久保国雄先生から「世界人権デー」を教わった。さらに久保校長の勧めもあって「九州大学の平塚益徳先生」に弟子入り、すばらしい先輩たちに支えられ比較教育分野を専攻する。その過程で松本亀次郎という教育家に注目、日中両国から高く評価されている実践理論・平和哲学につき遠巻きに探求することとなった。松本は魯迅（ろじん）や周恩来と師弟関係にあった人、学問の頂上には仁や和の世界が国境を越えて存在することに気付いたわけである。因みに松本は嘉納治五郎の弟子でもあった。

十一　生死を超えて讃えあう

如月弥生は感謝と希望が共存する時節、春風が静かに吹きはじめ、小川のせせらぎも聞こえる。田んぼでは蓮華草が緑と赤の絨毯（じゅうたん）をつくりはじめた。

私達の成人式は60年前、学生時代だった。桜島や霧島連山を越え、阿蘇山を右手に上福、やがてアルプスや富士にも登る。私は20代に上京、30代は全国行脚、さらに海外研修へと進み、結局は出生の地鹿児島に引き戻されて半世紀、早くも傘寿に達している。

ほぼ同時空を生きてきた世代、竹馬の友や先輩らがつぎつぎに召天、寂しい別れの年末年始だった。どの家でも人生をふりかえっておられることだろう。

隼人町史談会の満田光一さんから教えてもらったこと――「孝行」の三重層――つまり、来し方の源泉は先祖たち、ゆく末の光は孫たち、その真中にわれら青壮年世代の交流があるのだそうナ。

正月は賀状往復や再会感謝で人並みに忙しかった。天に召される長老たちの約半分は昭和初年生まれだ。先日は志學館大学での同僚・教育心理学者神薗紀幸さんの御尊父弘巳（号心星）様のご葬儀に加治木の松田朝子様ら藤星会のお仲間に同行して山川まで弔問。参列者の大半は白髪が目立つ同世代だが、吟道師範として人生を全うされた師への惜別と顕彰の場に溝辺在住の私まで同席でき光栄の至り。「法名釋徳行」様の遺影に向かい、孫たちが感謝の言葉、三県代表による朗詠、在りし日の映像……に涙する。私が感動した場面の一つは菩提寺の住職様が式の最後まで参列者の先頭に座しておられた姿だ。斎場案内もきちんとされており、まさに徳の極みの聖なる世界で合掌礼拝をさせていただいた。

詩とエッセーの冊子『天秤宮』を届けて下さる吹上（ふきあげ）の宮内洋子女史とは県文化協会のサロンやお電話で語りあってきた。金井道・長谷川龍生・相星雅子さんを「三師」と仰がれている。49号には「カントから宮沢賢治まで」（中間眞司）という副題の寄稿も納められていた。

溝辺の松本操一郎氏から徳永美和子著『おじいちゃんおばあちゃんのおはなし』を紹介された。長老たちから取材された内容を「人々の暮らし」「戦争に関すること」「食べる」に分類された庶民史だ。次年度は学生たちの副読本に活用したくなってきた。新学期がまもなく始まる。

十二　Spring has come!!

小一の新学期は昭和21年春、集落の同期生は八名、内一人は今北海道に住む。彼は台湾からの引揚者、私も鹿児島市からの移住者、津曲学園の幼稚園年長組のとき大空襲で校舎は丸焼け、父の会社も全滅だった。母が下三人を連れて疎開、蒲生までバス、あと山田〜辺川を歩いて溝辺へ、初めは母の実家や伯父宅の空家に世話になったが、先祖が植えた杉や桧（ひのき）を倒し、半分以上大工さんに差し上げてやっと住居（すまい）ができた。屋敷裏は中世山城・竹山城の展望台跡、落葉拾いに精出す。

義務教育九年間は、朝、家畜の世話や木戸掃除等をすませて集落入口に集まり、西郷（せご）サァも通られた高松坂（タカマツノサカ）を3粁かけ登って木場呉（こばくれ）に出ると目の前に霧島連山だ。有川原からさらに3粁の地点に小中学校が待っている。登下校道草も楽しかった。

溝辺中は青年学校跡地で田んぼや牛舎も残されていた。国語に出てくる「新しき友」らと仲良く学び合う中で郷土魂をしっかり育てられた。修学旅行の発着駅は嘉例川、村内に高校はなく、中学校が文化センターだったような気がする。

高校受験に際し、先生方から「町(マッ)ノシィ負ケンゴツ頑張(キバ)レョ」と励まされた日々が懐かしい。高一の時、英語の教科書第1頁はSpring has come!!、森永春太郎先生が独特な板書で綺麗に発音されていた。因みに入学直後の校内テストでは加治木出身の神田橋紀佳君が満点なのに自分は何と60点、中学時代の勉強不足に気づき新学期は英語に専念した。

高校後半から大学前半の頃は色々と悩み多き日々、しかし恩師の励ましに救われた。「人生はネ、君自身のものだョ。まずは真剣に学問することだナ」と。就職―結婚―上京と進み、子育ても順調で、「地域や世界」と学校の関係を大局的に見直す眼を自然に育てられたと思う。都会のマンモス小学校でＰＴＡ会長も体験した。

Ｕターン時、高校同期生による送別会で梅木哲人君の言葉「ふるさとの庶民文化をしっかり開拓してネ」が忘れられない。爾来半世紀、志學館大学では生涯学習センター初代所長を兼任し、退官後は名誉教授の称号まで拝領したが、お互いに学び合う関係を多角的につくりながら生涯学徒の心構えで「仁心」を磨いていく。今、「文武不岐」を唱えた嘉納治五郎―松本亀次郎ラインの国際貢献理論に着目しながら研究実践を楽しんでいる。

十三　Man lebt nur einmal

わが家の庭にもオキナグサが六株、春風に揺れている。絵手紙の仲間たちと出かけていた伊佐市本城の翁草祭り、残念ながら今春の表彰式は休止になったと聞く。

まちづくりの主役にオキナグサを見出し、周辺の若者たちを励ましておられた一人が久保敬菱刈（ひしかり）町長だった。静岡県在住の鷲山恭彦先生ご来鹿の折り、東京学芸大学長時代の同僚との縁（えにし）で御両人をお引会せした思い出がある。二宮尊徳翁のような巨頭同志だけに話が盛り上った。

県の副都心というべき姶良伊佐地域、先達はそれぞれに広域交流を望んでいる若者達のやる気を引出し励まして下さった。溝辺版にスポットをあててみると、岩下・野村・有馬・今吉・岩元・有村歴代町長を軸に、すばらしい文化ゾーンをつくろうと若い力を育てておられた。都市文化に染まりかけていた私もUターン後、自治公民館長や文化協会長、教育委員等々に推挙され農村文化の良さを学ぶよう導かれた。本務「大学づくり」でも生涯学習の波に揉（も）まれながら「ふるさとづくり」の大切さに魅せられ使命感を覚えた一九八〇年代、早や生活年齢は傘寿に達している。

久保喜与次氏は敬氏の御尊父、晩年には始良伊佐地区老人クラブの育成にも努力されているが、わが家の床の間横には地区の福祉大会で拝領した父への感謝状が飾られている。日付は昭和46年5月26日、死後5年経ち今は亡き長兄が母と一緒に表彰式に臨んでいる。末弟はまだ東京修行中、父を知る方々の友愛の情を遠巻きに味わい、将来Uターンしたらば郷里のためにも貢献できる人間になろうと私たちは励まされたものである。

まちづくりを地元鹿児島のみならず全国規模で努力していた若者の一人に大坪徹君がいた。空港前の空地に「現代を見詰める西郷隆盛像」建立事業を企てた木佐木・山北君ほか13人の代表的存在、県議の前田終止氏ら政界の大物が後押をし霧島連山の見える溝辺台地に、今新しい文化村が出来つつある。

先年、枕崎市文化協会の導きでコンカツ交流をしている北海道に遊んだ折り、小樽（おたる）でもピアノコンサートの方と語る機会があった。日程の都合で電話だけの対話だったが大坪元気君の名前がすぐ出てきた。徹君急逝の葬儀では友愛あふれる詩文を綴り参列された久保敬先輩の姿が思い出される。

ちなみに、韓国からも10名程の弔問者があった。

十四　Study of the Space

新型コロナに流されて絵手紙二見塾も中止、再開のベルは今のところ遠慮した方がよさそうだ。妻の大病全快を目標に生き甲斐を求めて営んできたボランティア活動、生涯学習社会における小さな試みだけに何ともさびしい気持になる。

この数年、駐車場の草刈り等を引受けてきた夫として、妻の社会的献身を評価するならば、「喜寿の年までよく頑張ってきたね」「友愛仲間が一杯できたじゃないの」「しばらく休憩をとってもいい頃だろうよ」とほめてあげたい。

わが家にはこの二十数年間、土日を除いて全国から絵手紙が束で届く。情報化社会でのやりとりは面倒なようだが、絵と文がピッタリ重なってくると真実の心が伝わるので捨てたものではない。

家族でタケノコ掘りを楽しんだ翌々日「孫の心を掘りあてたね。おじいちゃん。」という可愛いい絵手紙が届いた時の喜びもまた格別だった。

私は、少年時代、地図を見るのが好きで、大人になったら世界各地を視察したいナと夢をふくらませていた。就職先が福岡、続いて東京、仕事柄その後も全国行脚(あんぎゃ)を繰返す人生となったが、四十代で早々とUターンしたため、南北六百粁「太陽とみどりの国」を軸にかけまわった。県高校地理部会の矢野正浩さんから拝領した本が『鹿児島地図紀行』、新大学建設の仕事内容が各地の高校訪問なので大いに役立つ。先生方とは志學館学園の職員交流でも語り合ってきた。

郷土の自然と人々の生活を過去↓未来をつないで理解し模索していく学習ほど楽しいものはない。「世界につながる明るい南の海」を眺めながらみんなで未来を見つめあう人生はすばらしい。昨今のコロナウイルスは、一人一人が地球市民としての自覚をもっと確かめあうために、神様がなさったいたずらなのではないか？

小さな絵手紙交流も各地各層の友同志がお互い讃え励ましあいながら生きるために役立つ、実に「学びを楽しむ」最良のＳＰＡＣＥになるかも知れぬ。

若き日、仲間と結成した教育学研究会、その前提として、日常における「学び」を喜びあう生活がなくてはと思う。生涯学習社会が実現しつつある現在、平和や環境の問題を深めるために、笑顔で語り合うために、絵手紙交流も文化の新ジャンルとなるであろう。

十五　Sollen und Sein

北米大陸の雄都ビクトリアを見学したのは一九九二年の夏、世界新教育会議（WEF）ハートフォード大会の帰途に初訪問したカナダ、大学生だった次女も一緒に視察したが彼地の印象は深い。まず美しい街並み、市役所のロビーはまるで美術館、有名なブッチャードガーデンには日本庭園も紹介されていた。

連絡船上でのハップニング、「僕は日本から来た。君はアメリカ人？」「NO、自分はカナディアンだよ。」その目は自信に満ちていた。悪いことしたなあという気持になる。北米の国々も決して一枚岩ではない。私たちは時折「アジアは一つ」を口にしがちだが、現実、少くとも近い過去百年を辿ると、世界中はまだまだ国家本位の行動が多すぎる。私が50年以上ライフワークにしている静岡県掛川出身の松本亀次郎（一八六六〜一九四五）は魯迅や周恩来たちと友愛尊敬の間柄だった。中国の方から「亀次郎さんのような素晴らしい先生がおられる日本なのに、どうして日中戦争を起こしてしまったの」と問われている。

学問や教育に関する松本発言を辿るとこうなる。「何等の求める所も無く、至純の精神を以って、蕩々として能く名づくる無きの大自然的醇化教育を施し、学生は楽しみあるを知って憂ひあるを知らざる楽地に在って、渾然陶化せられ、……日華親善は、求めずして得られる副産物であらねばならぬ……」と。

国際的文化交流に先鞭をつけた人物に新渡戸稲造もいる。盛岡生まれの彼は、札幌農学校に入学、アメリカやドイツ等に留学し農政学を専攻、一九二〇年代には国際連盟事務局でも活躍した。リベラルな教養主義の人格者として、若い世代にはかり知れない影響を与えた一人だ。一九三三年、北米各地を巡回講演中、カナダで客死、彼地には翁の顕彰碑が立つ。

一九六四年の東京オリンピックで国立競技場に建てられた肖像は嘉納治五郎翁、彼の導きで松本亀次郎も世に出た。掛川市の大東図書館には「松本と周のろう人形」が置かれ、国際交流の勉強会には地元の高校生たちも参加しているそうだ。

戦後七十余年、今を生きる私たちは、国際社会に良風を送った先人たちの意志をていねいに確認しつつ、理想と現実を調和させる仕事に精進したいと切に思う。

十六　What Can Teachers Do?

水無月・文月・葉月を合せ、夏と呼ぶ。コロナ異変の渦中で八月のテーマは教師論にしてみたいと考えていた矢先、テレビに登場された所功（ところ）先生のお話が気に入った。「東洋哲学では『知仁勇』3文字を大事にしていますョ」ソクラテスから無知の知を学び、西郷（せご）さぁから仁を教わった私たち、その先端にもう一つ勇の哲理があると気づかされた。友人知人にも勇の一字を付けてもらった方がちらほら、名は体を現わす。真の「勇気」を発揮した人生は外目にも素晴らしい。

教育学は総合科学なので、自然・社会・人文の各分野に目配りしながら、生命を尊び、他者を大切にし、「岩をくだく波のような心強き」人になることを目指したら良いと荒木とよひさ作「四季の歌」では夏の愛を唱えているのかも知れぬ。

恩師・岩橋文吉先生ご夫妻は私たちの成婚祝にこんな言葉を贈って下さった。
「すべてを忍び、すべてを信じ、すべてを望み、すべてを耐える（昭和丁未春）」
〝勇〟のバックにはこんな意もあるようだ。

母校の長をなさった方が教育長職を定年後、今、行政職のご意見番で頑張っておられる。先日久々に近況を語りあったが、予想に反し職場での若い方々への不満を打ちあけられた。「長老たちの意見を聞こうともせず、若者同士ペチャクチャ冗談で笑いあっているのが現状、何だか物足りンですョ」と。先輩を大事にしないわけではないだろうが、教育現場を担当する勇者はもっと真剣に地域の長老たちとも語りあい協力しあえたら、と言いたいらしい。

一昔前の日本では「修身斉家治国……」を重視し、謙虚に、良きリーダーの導きのもと前進できたようだが、道徳心に欠けた言動をしがちな我々凡人は、先達の精進ぶりを尊敬しつつも、自己に優しく反省の念もなさすぎるのではないか。

論語『学而』には「吾日三省吾身」と。また、同じ『顔淵』には「内省不疚、夫何憂何懼」（反省して良心に恥じることがないならば、何も心配したりおそれたりすることはないよ）とある。

私は一九七三年夏、世界新教育東京大会で裏方を経験した。テーマは「激動する社会と教師の役割」、当時の長老たちが次世代へ期待されたものは何だったのか。歳月の重みを静かに感じている。

十七　Ehre du selbst

避雷針の発明で有名なフランクリンの『自伝』（青山吉信訳）にある13の徳とは①節制、②沈黙、③規律、④決断、⑤倹約、⑥勤勉、⑦誠実、⑧公正、⑨中庸、⑩清潔、⑪平静、⑫純潔、⑬謙譲——18世紀アメリカの科学者兼政治家の人生目標だったようだ。

ちなみに光ヶ丘のモラロジー研究所では「至誠に生きた人の基準」を①勤勉、②正直、③克己、④親切、⑤利他、⑥謙虚といった徳目で見定めたらと提唱している。

愈々、新時代に踏みこもうとする現在こうした徳目を人間形成の道標にしたらどうかと私たちは考えてみたい。

人生八十年をふりかえる秋（とき）、先人たちの精神にあやかって、後進の私たちもきちんと感謝の念を表明してゆけたらいいだろうなあ。

大学に入って始めの一年半は教養部時代、当時は自然・社会・人文の三領域を総合的に考えられるように導かれた。受験勉強とは違い、自啓自励の探究心が肝要とされる。幸い、私たちは戦後教育の第一期組、民主主義（庶民哲学）

や世界平和、男女同権等々、すでに小中高校の時にも教わっていたので、いよいよ本格的な学問をするのだという希望があった。

就職先の東京は全国交流の舞台である。私の場合、『日本近代教育百年史』(全10巻)編さん事業を公務とする研究生活に導かれたが、一段落する頃から小さな世界視察研修も始める。そして、ふるさとへ。

昭和55年Uターン時に贈られた色紙をみると、励ましの言葉がいっぱい。ⓐ美しい心、ⓑ縁の下、ⓒ忘れても残る教育、ⓓ日々新たに、ⓔ温々慈愛、ⓕ自寛、そしてEhre du selbst!!と続く。仮翻訳すると「自らを敬って生きよう」となろうか。師弟愛と並んで同志から受けた友情、これらはUターン後の教育現場では励ましの言葉に変わる。加治木高校同期生の歴史家・梅木哲人君の一言「鹿児島での庶民教育を掘り起してほしい」は最高の注文=『理論と実践の調和』を自覚させるメッセージ。彼も志學館での同僚になった。

姪夫婦からは「これからも人間教育のために情熱を注ぎご活躍ください」と。広い世界からはもっともっと心に留めたい名言金句が顔を出すであろう。

世界新教育学会で日本代表が提唱したメッセージは「勿体ない、有難い」である。会場から拍手がわき起こっていた。

十八　Merci beaucoup

看護師養成を主目的とする高等教育機関が全国的に普及している。筆者も大学在職の頃から神村・久木田・加治木・仁心の各専門学校に狩り出され、「理想の看護師（教師）像」を学生と共に考える機会を得た。退職後の今も週一回非常勤を続けているが、そろそろ終活かなと思える年齢に達しつつある。

先輩や後輩の中でこの道に入った方が多数おられるので色々と手ほどきをしてもらいながら、ナイチンゲールの再来を期して福祉社会づくりに協力したい。

このところコロナ襲来で世界中が医療にさらなる関心を持ちはじめたようで、文献等も出版を重ねている。老若男女を問わず多くの人が健康・福祉・敬老等に真面目な取組みをされている姿を目の前にすると、基礎科学である教育学の社会貢献的責任を自覚するようになってくる。

医療は理想と現実、生と死など両極の世界が競合しつつ共存する世界、人類のみならず生きとし生ける者がお互い助けあう仕事のような気がしてくる。つまりは「生死一如」の境地なのだろうか。

母校を卒業後各地に活路を求め、社会貢献に専念している同窓生も出てきた。

たとえば横川中出身の杉浦美佐子さん、日本赤十字豊田看護大学を経て、現在愛知で看護学科の教壇に立っておられるが、先日「理想の看護師を探しているンだけど」と電話をかけてみると早速反応あり、明治大正期の大関和（ちか）さんや近くは川島みどり女史のこと等を教えてくださった。

地元の隣人・とくながみわこ女史の著作「おじいちゃんおばあちゃんのおはなし」を杉浦さんにもお贈りしたらすぐに読後感想が届いた。高齢者の語り（ナラティヴ）から「生きがいの実態とその本質が垣間見える」「なんとなく、連帯感、充実感・満足感・幸福感、達成感・追求感、有用感、価値などが感じられます。」「質的な分析をしてみると面白いかもしれません。」「高齢期の生きがいは、過去から現在に至るまでの時間の流れの中で捉えていくことが重要であると思います。」等のコメントが届けられた。

日頃、私は「生涯学習の方法はアカデミズム・リベラリズム・ヒューマニズムの三位一体化が望ましい」と考えている。

先日は溝辺の大坪茶舗で「俳句DE絵手紙」と称する展覧会が企画され好評だった。元看護師さんらの作品も多かった。

十九 Checking Your Temperature

十月一日、十三塚原公園から月の出を拝んだ。日の出とちがい静かな光で神秘的な感じ、霧島山麓の美しい風景だった。

実りの秋は、梨やぶどうに続いて栗に柿に蜂みつ、彼岸花は赤白黄集めて玄関に飾り仲間たちにも自由に持ち帰ってもらう。田園地帯は黄金の波だった。

個人としての小さな喜びは日中友好のリーダー松本亀次郎顕彰会の『通信』に八ページにわたって掲載された第12号の記事、翁の「人間的魅力とその大いなる感化」と題する静岡講演の全文紹介である。アカデミズム・リベラリズム・ヒューマニズムを統一した学問の世界に到達された翁の教育観、国際交流原理を高校生たちにも分るように伝えてほしいという主催者側のご要望に応えられたかどうか、少しうれしさも湧いてきた。

コロナで世界中が「検温実施中」の昨今、外出や来客の場合マスクは離せない。外界との接触は新聞かテレビ等、電話もかなり行き交っている。

八月はお盆、九月はお彼岸、十月に入ってやっと「のど自慢」が再開された。客まばらの中に大関誕生で九州も少し活気づいた。いよいよ年の瀬に向けて街も村も動きはじめる。苦労の多い御家庭や会社・学校のことを思うと年金生活で保護されている高齢者もじっとしておられない。幼少年時代から質素倹約には慣れているが、人間誰しも自ら燃えて小さな達成感もなければ生きてゆけないのだ。

このところ八十代後半から九十代に入られた方々のご苦労話を拝聴する機会が多い。同時に若くして戦死・病死等で短かい生涯を通過された先輩の心を思う。私の場合、集落で4名、親族で5名太平洋戦争の犠牲者がいる。昭和二十年前後に病死した姉は23、兄は19だった。母が号泣した姿を幼な心にしっかり刻んでいる。きょうだい達の分までうんと努力して社会のためにも役立つ人間にならねばと誓ったものだ。父母たち先輩たちの世代に比べたら何とも頼りない自分かも知れないが、幸い八十の大台を超え、もう少し何かやれそうなこともありそうだ。

先に読んだ愛知県の方の提案に啓発された。「国策として、今二千万の都会人が田舎に戻れば、過疎問題が一挙に解決するかも……」と、先祖さん達が開拓された田園で今年も米つくりができた。私はいつまでも〝新米教師〞で生きたいと思う。

二十 Teremakasih

光明婦人・ナイチンゲールの出生地はイタリア・フローレンス、長じて独英で看護法を学び、クリミヤ戦争の惨状を見て38人の弟子と近東に赴き、スクタリの野戦病院長に就任、帰国後ホームを創設、各地の模範となった。「誓詞」は常唱文として有名、万国赤十字社では世界賞を設けて久しい。

21世紀は工業社会から福祉社会に衣替えすべく歩みはじめた。その端緒に世界中を襲ったコロナ、看護のための学校にも注目だ。私たちは今、どんな気持ちで看護の道を継承したらよいのだろう。

看護学に進んだ後輩たちから「並座」の大切さを教わった。これは教育学でいう生涯学習方法にも応用できそうである。先生と生徒が同じ方向を目ざして学び合う。看護師も患者と並んで座し病いの解決に向かう。技術面では上下もあろうが、総合的には同じ視線で前進する姿が肝心。感謝の気持は謙虚さの中から自然と湧き出してくるのかも知れぬ。

「どうもありがとう」を南のインドネシアではテェレマカシィーと言う。若き日世界新教育会議でオーストラリア～ニュージーランドを旅した折り、西洋人が新天地を開拓する際に原住民を前者は奥地に追い込み、後者は共存共栄の精神で国造りをしてきた歴史を学んだ。国土の広さや人口差もあるので、Indonesiaのことを「近くの北」と表現し警戒したらしい。マオリに対しては太平洋文化を背負っているので西洋人も無視するわけにはゆかなかったようだ。かつて全日本文化集会に出席した折り、北海道の方々はアイヌ文化を披露して下さった。

私の海外研修はインド（ムンバイ）から始まった。あどけない子どもたちの中に入り話しかけてみると、「五言語を話せる」という。ヒンディー、マラティー、サンスクリット、英仏両語だそうだ。

恩師平塚益徳博士は日本・中国・西洋を均等に研究され、弟子共は各地に出かけて地球全体のこし方ゆく末を探求した。大学院以来私は全国をかけまわっていたが、日中友好に頑張っていた先人開拓を目標に切りかえた。北京での第一回中日関係史国際学会に招聘されたのは一九八八年秋だ。また、南アフリカのサンシティ訪問の折り気づいたこと――「面から球へ」つまり、全方位友好がイイナァ――。加治木高出身で京都外国語大学長も勤めた堀川徹志兄を訪問して語りあった時、そんな夢も大きくふくらんできた。

二十一 Coming-of-Age Day

さあ新春、皆様おめでとう存じます。

ことしは松竹梅そろえた門松を立て、健康で平和な一年となるよう、天に地に祈りました。

霧島連山の光景を眺めていますと、大人も子ども達も「肩組み合い」生き生きと暮らしてゆきたい気持ちになります。

昨秋、親友の一人にわが家で生産した新米を差し上げたところ、こんな和歌が返ってきました。

　水旨(うま)き里なり　溝辺のヒノヒカリ
　　給ひしを炊く　土鍋にて炊く

何と詩情あふれる一首でしょう。

山麓にある父祖伝来の田んぼに実ったヒノヒカリ、少年時代父母に手伝った思い出の稲、Uターン後早や三十年余り、要領を覚えて近所隣りや遠方に住む友に約六十袋贈りましたら、とても喜ばれ、歌人の秋峯いくよ女史からは私たちにこんな一首まで詠んで下さいました。霧島市民の文化交流はすばらしい水準でなされているのです。ありがたいことです。

岐阜県と鹿児島県は今「薩摩義士交流」を続けております。天降川水域では川筋直しの実績があり、指導者の一人・山元八兵衛翁の御命日には、住吉墓地で毎年慰霊祭を営んできました。姉妹都市海津には治水神社が建てられ、「報恩感謝道義高揚」を旗印に西と南の親善交流が毎年なされています。国分さつま会は、昨年五十周年に達しました。平田靭負や山元八兵衛をリーダーとする治水事業、その流れで私たちの先祖も米つくりに精出されたのでしょう。去年はメロンをいただいたので竹子のぶどうを贈りました。何と有難いすばらしい光景でしょう!!

私は恩師が「環境保全・世界平和・生涯学習」を目標にした文化交流をしたいねぇ」と言われていたので、各地を訪問しながら、良き隣人と交流する努力を重ねてきました。私自身、早や傘寿を越え、そろそろ終活に入る年齢に達しましたが、霧島山麓の清流を浴びながら、心豊かに皆と仲良く語り合って二度と来ぬ人生を全うしたいと思っております。

この春は三番目の孫が成人式を迎え、東京から帰省しました。社会人になった二番目の孫は「おじいちゃんが口にしている文化には衣食住が揃っているようだね」と語りかけてきました。次世代に夢を託しながら、すべてに感謝する人間にお互いなりたいものでございます。

二十二　Buon giorno

ボンジョルノと言えば、イタリア語で「お早う」の意味、歳の始めの挨拶なら年賀状でしょうか。毎年、元日郵便受を開けるのが楽しみですね。わが家に配達される賀状の約三割は絵手紙、私あての分を並べてみますと半畳分になりました。文と絵がカラフルに調合され、今年は丑年にふさわしくギュウと遊んだ少年期が思い出されます。

八十代後半に入られた先輩から寄せられた賀状に思わずニコッとなりました。「海辺で遊んでいる子供が美しい貝を見つけると、また別の美しい貝がないかと探し出す。一つ二つと集めていくとポッケは満杯。少し捨ててまた集め出す。よたよた歩きになっても書物の中に何かあるのじゃないかと探し回っている自分を見るようでおかしくなります。今年も好奇心を頼りに本を相手に終わりのない徘徊を続けていきたい」「いかがですか」。

暮に、霧島市初代教育委員長・中村文夫先生宅に参上し学問論を語りました。英国留学をした後輩が教えてくれた合言葉gladly learnが向こうの大学の雰囲気だという話も出ました。

私は、一九二〇年代以降世界中から注目されてきた新教育運動史を参考に、日中友好を開拓する方法論をライフワークにして早や五十年以上経ちました。今も「自由に伸々と学習し合う学び論」に興味を抱いています。発祥から百周年になろうとしており、今秋は東京で世界会議が予定されていますが、先般の情報ではコロナのためテレビ対談方式となりそう、これではあンまりファイトもわかないナァと思う昨今です。世界への夢を描かせてくださった恩師のお導きに感謝しながら楽しく学び、学生たちにも伝えてきた道「教育学」――。〝天よ、これ以上私たちを苦しめないでください〟と叫びたい思いであります。

健康に留意しながら、生涯学習を楽しみつつ、人生を全うしたい、と誓っている仲間たちに「もう一歩、二歩、頑張ろうね」と声を掛け合いながら、努力人生を邁進したい二十一世紀!!

母校で出会った住職様からの賀状には「大悲無倦常照我」と記されていました。「今を大切に感謝の中で生かされる私たち」、「人間美学の目標は『全ての生き物が共存できますように』という願い」とありました。

二十三　Mind Polishing

山頭火の句から霧島情景を探していましたら、中村文夫先生へ愛弟子(まなでし)井上南岳氏が贈られた書が出てきました。本誌の一月号に紹介された日展会員の作品です。元ＮＨＫ鹿児島局長立元幸治氏から贈呈の『還って来た山頭火』（春陽堂書店刊）では「いま、私たちに何を語るのか」が副題となっています。十章立て構成の随処に感動が添えてありました。

宮崎県民俗学会長山口保明氏は全国山頭火フェスタinみやざき記念出版『日向路の山頭火』（鉱脈叢書22）の中で3句、

•朝の山のしづかにも霧のよそほひ
•霧島は霧にかくれて赤とんぼ
•霧島に見とれてゐれば赤とんぼ

を挙げてありました。俳句界の異端児、山麓の旅をしておられた行乞僧、山を観照しながら表現されている霧や霧島、これらの句は49歳頃の作品らしいです。

山頭火は没後早くも80年、今、私たちが人生の壁や困難に直面したり、生きる意味を見失いかけた時、そっと寄り添うメッセージで励ましてくださいました。

立元先輩は著作の中でコロナ禍にも言及、「わたしたちはこの貴重な体験を経て、今後の新しい事態にどう対応していくべきなのか、その世界観や文明観、いわば自身の哲学や価値観をどう再構築していくか」という重い課題に向かって、仕事への向き合い方、消費に対する考え方、人生にとって本当に必要なものとは何か、そして人生における本当の楽しみ、充足の人生とは何か、病や老いや死にどう向き合うのか、本当の自分らしい人生を生きるとはどういうことなのか 等々。苦境の中から光を求めながら山を登り言葉や句やメッセージが与えてくれる確かな示唆――山頭火を読み返す意味が一層深くなったョといわれる大先輩、そうした努力人生のお姿に私は啓発されます。

講義室や研究室でではなく、ふるさとを共有する社会での交流を通して励ましあった間柄です。共通の基礎科学である教育学を学び合いながら、文筆活動等を通して励ましあう半世紀でした。

私は、今、戦前の中国人留学生たちに心を込めて「日本語」を教えた松本亀次郎の生涯に注目しています。時代を超え国境を越えて精進された「学問」の道、彼が到達した哲学は「大自然的醇化」、魯迅や周恩来からも終生尊敬されていた方のようです。

二十四　Lifelong Friend

西洋では学問愛好者が誓い合って大学をつくることが多かったので、ユニバーシティは組合の意だそうです。これに比べて東洋では国づくりの最先端として官僚養成の府が構想されました。日本では国公立優先、広く市民が学生として横並びになれたのはやっと大正期以降なのです。

ルネッサンス渦の中で登場する教育哲学者はルソー、続いて公教育制度の世界に導いてくれた実践者がペスタロッチ、さらにThe Century of the Child 1900という看板を掲げさっそうと登場した人が瑞典(スエーデン)のエレンケイでした。『未来の学校』の中で同女史は言いました。

「学びは自分自身でやり、作業に関し表現について、正確かつ完全な方法を発見するよう試みたい。」

学校をあらゆる個人に適応できるような場所に、と提唱したかったのでしょう。通信簿がなく賞与もなく試験もない楽しい学びの場、そんな未来構図を今の学生たちに説明してみると、「えっええ」と考えはじめ、最後は一寸笑顔になります。

本来、子どもは身体的・精神的に社会の庇護を必要とする年代、乳幼児に始まり、広く青少年と呼ばれる世代を護り導く大人としての私たちも自問自答します。そして、理解の乏しい大人に対し闘わなければ解決できそうもない難問をかかえつつ、理想や夢を現実化するために励ましあうわけですよね。

日本人は敗戦を機に平和や民主々義を求める新たな人間像を描きました。自由や個性主義を取り入れ「教育権」すなわち「その能力に応じて等しく教育を受ける権利を有する」と規定、みんなが全人類を包括する究極の共同体に組み込まれるという自覚が大切だと認識し「みんな違ってみんないい」と呼びかけました。「いつでも、どこでも、だれでも」共存できる社会の構築が、世紀を超え国境を越えて問われるわけであります。

それでは、本当の「学力」とは何でしょう。私たちは「学校教育の質を高めつつも、家庭の教育力を取り戻し、社会教育～生涯学習を充実させることが望ましい」と言い合っています。

霧島市在住の教育文化界大御所である中村文夫先生は、モシターン誌一月号の中で、「学問とは人間の日常生活に浸透して人間の品性を高めるためにするのだヨ」と仰言っていましたねぇ……。

二十五　Mutual Respect

新学期のFANFARE（ファンファーレ）は卯月の花、天地の奥から吹いてくる風を感じます。尤（もっと）も北海道では梅桃桜が一挙に開花するそうですね。鹿児島では桜が弥生の女王様。ここ数年コロナで花見は疎んぜられましたが、今春は地元でもあちこち三三五五家族や集落や仲間で集まっていましたね。

私共は上床から丸岡へ車を走らせ、最後は菱刈本城の翁草まで見せてもらいました。四月の文化行事は「グリーンエコーの定期演奏会」から始まります。天地の奥から聞こえてくる曲、団長の（故）池田政晴先生は北大出身の牧場主でした。

文化創造ほど楽しいものはありません。霧島山麓にも21世紀にふさわしい大学を造りたいという伊佐出身志賀フヂ先生の願いに共鳴し、乞われるまま喜び勇んでＵターンした私、世界一の田園都市建設にも協力したいという気持で母の許に住みついて早や四十年経ってしまいました。

わが家（私設「二見塾」）には絵手紙関係で連日来信・来客が続いておりますが、夫にとって一番うれしいのは福岡育ちの妻にＵターン後色々な機会で友だちが増え、今、日常生活上の不自由を殆ど感じなくなったのです。絵手紙の全国交流による出会いもあります。ほんとに嬉しい。

私の出身校は溝辺小・中～加治木高ですが、いわゆる竹馬の友なら全国にいますので、ふるさとニュースを土産に、四季折々の友好を続けられます。東都在住の頃、父と鹿児島師範で同級生の小原國芳先生のお導きで「世界新教育学会」へ入会、現在理事という立場、志學館大学を会場に全国大会も開催しました。世界めぐりは20ヶ所以上、そのたびに紀行視察の文集をつくり友好の輪を拡げてきました。世界一周の夢は傘寿までにほぼ実現、思い出を一杯作れて有難いことです。

ライフワークは教育家の理想像探求、日中友好の窓口を造った静岡出身の松本亀次郎を約半世紀にわたって取材、出身地掛川にも沢山友だちができました。

彼は留学生を相手に日本語をわかりやすく教えていました。その姿勢は相手を尊敬し共に学び合う謙虚さにあったため魯迅や周恩来、汪向栄らから慕われたわけでしょう。すばらしい日本人でした。

今、世界中がコロナ異変に包まれています。こんな時世であればこそ、時代を超え国境を越えて通用する教育哲学が求められていると私は心から感じています。

二十六　For Earth, For Life

世代を超え国境を越えて通用する哲学、環境や平和への學びの道を探究したい人生です。コロナの中、皆さんお元気?

霧島の「市民憲章」、五大目標は①道義高揚・豊かな心推進、②国際観光文化立市、③環境共生、④増健・食農育、⑤非核平和ですが、これらを総合的に学び合う文教的風土を創る仕事があるわけですねぇ。

先頃『海とわたしたち』と称する小学生の言葉に見入りました。国分小の「総合的な学習時間」取り組みを紙面一杯に掲載されています。内容は四点、「海を汚(よご)しているのは……」「ゴカイは海の救世主」「ゴミ問題から海を考える」「ヨコエビが教えてくれる大事なこと」等、児童たちが手書きを添えています。コロナ禍での学習の研究成果を読むとハッとしました。「二〇五〇年には魚より海洋ゴミが増える」「自然ゴミも放置すると命も危険」「油や野菜のくずやゴミ等はふき取り燃えるゴミに」「生活排水は川を汚す原因」「現在の漁獲高は30年前の半分、50年後はさらに今の三分の一に」「ペットボトルのリサイクルに注目」「植林活動が海を守る」「海中の有機物を分解する小さな生き物ヨコエビの役割」「重富のなぎさミュージアム浜本麦さんからゴカイの万能血液について教わりました」「霧島市の下水処理方法は整いつつあるそうですョ」等々。以上のような実践が学校現場では根気強くなされていることに敬意を表します。

市民として私は『薩摩義士顕彰会誌』にも注目しています。先日は、海津市との交流50周年記念碑建立の除幕式に市長議長さんたちに同行してきましたが、多くの学びをしたので一部報告しましょう。

向うの団長さんに「大型農業の成果を知りたい」とリクエストしますと、15人で経営する二百町歩の田んぼや一千頭の牛舎、……等に案内して下さいました。農業立国の具体例を見せてもらい、道義高揚の基礎に食農育の向上があることをしっかり学んで帰りました。

私の家系は曽祖父の代から農業と教育の両面に力を入れていたこと、義務教育段階での体験学習が重視されていた時代に生まれたことを心から感謝しています。

連休初日は傘寿農作業を心配してか、中学生の末孫も発田起こしのお手伝い、婿の手ほどきに笑顔いっぱい。施肥は溝辺GEN産の「大地源気」、クボタの「土の進」も快調でした。秋の収穫が楽しみです。

二十七　Discover Treasure

Uターン2年目に始めた米つくり。今や傘寿農業者となりました。地元では、竹山ダムに貯えられた水が今日もジェットコースターに乗って高原の畑に届けられています。山間僻地は早くも過疎化・高齢化の渦中にありますが、清水・湧水の周りから出てきた山菜や木の実、川魚や小動物などがこの春も食文化を豊かにしてくれました。

今年は先祖伝来のビワを人間さまが先取りしたので、山奥のサル達は「どうしていたかナ」と心配です。里山の生活は自然の恵みに感謝しながら夏から秋へと進んでゆきます。大都会に住みついてしまった先輩からの便りには「郷里に根ざされた着実な御活動、豊かさが偲ばれますよ」と書いてありました。

母の遺詠に「逢へば皆もの言うくれる嬉しさよ　心やさしき村の人々（さと）」があり、隣に住む文学愛好者からは「水旨（うま）き里なり溝辺のヒノヒカリ給ひしを炊く土鍋にて炊く」というお礼のことばもいただきました。秋峯いくよ女史は歌会始入選者、歌集も数冊出版されています。

家に届く情報は全国版もちらほら、コロナ下でもあまりさびしくはありません。大阪に住む仲間の福井まゆみさんから届いた絵手紙は一米三〇センチの巻紙でした。映画「ヒロシマへの誓いサーロー節子とともに」の名プロデューサー竹内道(みち)さん（紐育在住）は同級生で被爆二世。「今年も核なき世界平和な世の中のためみんなで力を尽したい」と書かれていました。

六月は鹿児島大空襲（17日）、23日が沖縄慰霊の日、八月になると広島と長崎に原爆が落とされた近い過去がありましたねぇ。この夏も世界平和を考えましょう。

例年、楽しみにしてきた海外研修親善の旅、今、テレビや新聞等で豊かな情報が入手できるので、日頃不自由は感じませんが、体験談は貴重なので若い世代とも思い出を語れるよう努めています。

最初の視察国は印度（ムンバイ）でした。公園などで小さな親善の場が実現しました。一夜漬けのヒンディ語をまじえた会話の中で向うの方(かた)が「あなたの国は美しい。皆親切だ。尊敬していますョ」といわれたのを覚えています。

近くでは、溝辺の山口皇紀・紀史父子や故大坪徹さんらのからいも交流、蒲生太鼓坊主の皆さんが続けておられる日中韓交流等にも私達は注目してきました。

二十八　Smile Sweetly

半世紀前、溝辺の青年祭に出席した折、「笑顔があれば!!」の幟(のぼり)に勇気づけられた思い出があります。

しばらくして、有志の竹中勝男さんが拙宅まで語りに来られ、すばらしい笑顔に圧倒されました。雄大な北海道の風景に感銘を受け吉松の山麓に大牧場を開拓した方(かた)、娘さんの高校は加治木でした。母校の後輩にあたります。

Uターン後、はじめのうちは生育の地溝辺に執心していた私ですが、大牧場等で頑張っておられる先達の笑顔は多くの人に影響を与え、啓発されました。

過ぐる日、南薩の枕崎が日本北端の地稚内(わっかない)とコンカツ交流を楽しまれていることに注目、私も世界新教育札幌大会出張の帰途、現地視察に参りました。両市の方々はどんな笑顔で語り合っておられるのだろうと思ったからです。

さて、日本中の子ども達は今、どんな夢を描いているのでしょう。大学での専攻分野・講義科目が教育学のため、哲学や比較史にも関心を持ち続け、文化創造の事例研究に次第に導かれた私でした。

市民としては、どんな理想の下で励まし合ってきたのでしょう。霧島憲章の五項目、①道義高揚、②国際文化、③環境共生、④増健・食農育、⑤非核平和等を総合的に学び合う文教的風土形成、いずれもすばらしい「學び」の目標ですね。このことは先々月号でも触れています。

今回、現状分析例として、平成廿九年度のコンクール「ふるさと霧島と私の未来」に注目しました。これは道義高揚・豊かな心推進協議会が企画しています。市内の小中高生から二六三点の応募があり、鹿児島大学の先生方が審査されていますが、入選作の一つに注目してみますと、当時小四の濱田莉子さんの文面には地元の特産物や名所の紹介に加えて「世界との交流」「世界サミット」という表現が出ていました。今も濱田さんの母校だより『世界に繋がる陵南小』には牧哲史先生が校長としての抱負を語っておられます。五年前にも世界への夢が語られていたわけですね。彼女はもう高校生かナ。

若き日の誓願は生涯学習の目標です。私も、中一の時「文化日本への道」が『南日本新聞』で採用され、高一の時は「世界人権デーに思う」が『加高新聞』に掲載されました。爾来、折々の感動が心の支えになったのでしょうね。

Gladly, Learn!!

二十九　Tearful efforts

「朝はどこから」も戦後復興の歌曲、新聞社の全国募集で一万五百通から一等に選ばれたホームソングです。一九四六年五月のラジオ歌謡として放送、すぐにレコード化されましたネ。森まさる作詞・橋本国彦作曲、Allegrettoで唄われました。

光の国やねんねの里・お伽(とぎ)の国ではなく「希望の」「働く」「楽しい」家庭からやってくるョ。「お早よう」「今日は(こんにち)」「今晩は」と声かけあいたいですね。竹馬の友は皆仲良し、往復三里の山坂達者でしたが、唄う楽しみもありました。中国天津から帰還された岩元立義先生から九年間「音楽」を教えてもらいました。学校はムラの文化センター、歌詞の中にある『働く家庭』が強く心に残っています。

高校生の頃までの特技は「まきわり」でした。Uターン後再開したママゴト農業では「草刈り」が楽しかったね。最近は「霧島市薩摩義士顕彰会」で岐阜の海津からいただいた千本松の散歩道周辺を年数回掃除していますが、農具類は共同作業の前日までに竹馬の友が経営している店で点検してから参加しますので切れ味も良く、楽しい楽しい遊びになってきます。

道義高揚、豊かな心を育てるという徳目はどんな場面に姿を表わすのでしょう。そして、ふるさとの先人たちは子孫や隣人のためにどんな未来図を描いたでしょうか。こし方ゆく末を見つめながら私たちはどんな気持で世界各地の人々と語りあい肩組んでいったらいいのでしょう。

オリンピックや万博等の開催地も数回視察に行ったことがあります。あれはカナダで学んだ風景でしたか。道路ぞいの家では外向きに花が飾られ、ガーデンの一角には日本庭園も紹介されていましたね。市役所のロビーはまるで美術館、大学の構内にはリスがたわむれ、散歩道ではナイスモーニング＝小さな語らいの中で平和を実感しました。笑顔交流です。

大学での主任教授が比較教育学の大家だったことがきっかけで、広く世界各地の良さを学ぶように導かれたため、薄給の身分ながら質素倹約に心がけ海外研修を重ねました。恩師は日本・東洋・西洋を通観できるよう指導されたので、世界各地の良さを謙虚に敬愛の念をもって学ぶよう心がけてきました。インドでは私たち訪問国のために「上を向いて」や「さくらさくら」などの曲を流して下さいましたョ。

三十　Summer Grasses

芭蕉の句にも出てくる夏草、ふるさとの野は緑一色でした。長月に入ると土手には赤白黄の彼岸花が勢いよく顔を出しはじめます。緑の中からは黄色い稲穂、「アタィヤホガナカテ、モ、ホガデッキモシタドォ」と道ゆく方々に秋の挨拶をしたくなりました。

水田ではクボタの「土の進」を動かすママゴト農業、ここ数年、田植えは娘の同級生、稲刈りには篤農家の大型機が動きます。土手の草刈りは殆ど自力でしました。孫五人の小家族なので、例年七～八俵もあれば大丈夫、残りは社交に用います。〝農なき国は食なき民へ〟とは作家・山下惣一さんから教わった言葉です。

伊勢市二見町の北畠久代さんからの便りによりますと、筆者の苗字は現奈良県（大和国）宇智郡二見村が起源で吉野川を少し遡った原町に「阿陀比神社」が鎮座しており、薩摩半島を本拠としていた阿多隼人がこの地に移住し彼らの信仰神を祀ったと考えられる由、治水神社や薩摩義士たちの話が添えてありました。絵手紙全国交流からの「學び」です。

ことしの夏はコロナ一色の中から二つの東京大会、久々に広い世界が見えてきましたね。オリンピックは体育と文化の統合。閉会式で出てきた宮澤賢治作「星めぐりの歌」は絵手紙塾の歌、思わず皆で唄いあげました。加治木に椋鳩十文学館が建設されるというので、花巻には前後二回視察訪問、「下ノ畑にオリマス」の案内板が印象的。11月3日予定の『宮澤賢治に集うin南泉院』も楽しみです。

日本にオリンピックを初誘致した人が講道館の嘉納治五郎、世界新教育学会の岩間浩副会長と一緒に神戸を表敬訪問したことがありましたが、柔道の神様は中国人留学生教育の先導者、「文武不岐」を唱えた哲学者でもあり、宏文学院では松本亀次郎と魯迅との出会いが圧巻でした。まさに世界市民の育成を目ざす日中友好の入口をつくった大人物ですね。

生涯学習社会で私たちが目標とすべき哲学者は湯川秀樹や松本亀次郎のような研究者兼教育家ではなかろうか、と私たちは語りあっています。近代中国の大政治家・周恩来も静岡の松本家に感謝の意を表しました。すばらしい日本人がおられたわけですよね。

海外視察は環境問題や世界平和を考えるために役立つと教えられます。21世紀後半は世界交流の時空ではないでしょうか。

三十一　教育の創造

少年易老学難成

竹馬の友や家族そして恩師の励ましほど有難いものはありません。山青く水清き故郷(ふるさと)へ「志を果たしいつの日か帰らん」。友も皆、そういう思いで青壮年期を過ごしてきたのでしょうね。

一九八〇年三月九日、母校の同期生が「二見君を送る会」と称し東京の原宿に集まってくれました。日本は高度成長期に入り若者も大都会に集まっていたわけですね。拝領した色紙の中に梅木哲人君が言葉を寄せていました。「鹿児島での庶民教育を掘り起こしてほしいナァ」

彼は長じて新潟の長岡で教壇に立ちました。隼人の上野台地に南日本随一の大学を創りたいという志賀フヂ先生らの期待を込め人事も着々進んでいたころです。数年後、歴史部門のポストが空いたので学園本部に申請し梅木教授を迎えることが出来ました。因みに、筆者の職歴は九州大学助手を皮切りに、国立教育研究所『日本近代教育百年史（全10巻）』編纂室～日本大学教育制度研究所へ異動し、東京で鹿児島女子短大の有馬純次学長から面接を受け、41歳の身をUターン。生育の地・溝辺に居を構え、先達と共に学び合ってきた教育学の使命を実践すべく新生活を始めました。続々と親友が出来、久留米出身の妻も「絵手紙」ジャンルですばらしい友だちが増えてきました。岳父からは「尽己報郷」の書を拝領、有馬四郎町長からは訪中記念の書で終生励ましてくださいました。朱熹の漢詩「偶成」です。

若き日、世界新教育学会の東京会議で講演された印度のシャー女史が忘れられません。私の青壮年期は世界教育行脚（あんぎゃ）にも努力しましたが最初が印度でした。提言の一部を描いておきましょう。

「伝統的な学問の厳格な分野にしたがって組織づけられている教育は、……この世界に貢献するような学際的、国際的アプローチに道を譲らねばならぬ。教育は創造されるのだ。学校と生活の差が少なくなる程、学校はより良くなり、生活も良くなろう。何事にもまして、我々は人間を尊重しなければならぬ。物質的なものよりも、政治的信念や制度よりも、軍事力に追従的になるよりも、また、狭い愛国心よりも大事にしなければならぬ。愛は原爆より深いのだ。……」

同大会の委員長は小原國芳先生、父とは鹿児島師範で机を並べた間柄、氏の「師道論」「全人教育論」も光っていました。先生自筆の書も学会記念にいただいています。

三十二　故郷の秋

花なればはつ穂の人はなろ

（松村利雄先生書「島唄・花ぞめ節」より）

十月中葉、先祖代々の水田で稔った新米四二〇kgのモミを24袋に分けて竹山の倉に納め、うち3袋を精米し仏間に供えました。溝辺小3・4年の担任重森昭典先生が「この一粒のお米は天地一切の恵み父母のご恩に感謝して戴きま～す」と唱えさせてから弁当をひろげたものです。

わが家は鹿児島大空襲で父祖の地溝辺に疎開し、零から再開した百姓生活、親も子もよく働らきました。水田や畑だけでなく持ち山も開墾、土手茶は五番まで、桑を植えて蚕を飼い、さらにコウゾは和紙の里・蒲生に届けました。牛や豚・鶏の世話は姉弟の仕事、母はみそ正油豆腐をつくり、ツケバリでとれた鰻（ウナギ）や蟹（カニ）を食卓に並べてくれるのは五十代の父でした。

終戦当時、台湾満州朝鮮あたりからの引揚者も加わり集落は大賑わいでした。

しかし、父祖の地を公平に分かちあっての生活ではなく、その後、出稼ぎで家を留守にしたり、都会へ出たっきり戻ってこない御家庭も生じました。

何しろ小学校まで往復三里の山坂達者、自家製のカットイ車を引いての登下校、同期生は八名ですが、幸い六名は80台を乗り越えています。北海道の池田憲昭君、大阪の二見一男君、あとは地元に分散しましたが、連絡を重ねています。先輩後輩との友好もあり、山口明男様は赴任地の富士山麓から「お母上と遊びにどうぞ」と呼んで下さいました。御退職後の今、龍門地域に居られますが、持参した新米を「初物だね」と言いながら神棚に供えて下さる九十翁、先日は竹製飾りの鶴亀を拝領しました。大島紬の織手（おりて）だった二見花子様からはみごとな野菜を連日貰います。

少年時代、集落では「一心会」を開き、七夕祭りや十五夜角力、遊び道具は殆ど自家製でした。学習面では上級生から集団指導を受けました。竹下伸夫（のびお）先輩は努力家で有名、娘さんは東京で博士号を取得されています。

人口減少のためイノシシサルシカも入る谷あいの村落ながら竹馬の友は永遠のファミリーです。戦没者は五名（全員二見姓）、先年、正人従兄（いとこ）の屋敷予定地を譲ってもらい、木造の文庫を広々と二棟建立、仕事柄世界各地から入手した資料などを保存し、次代への賜物にする心算です。

1980年（昭和55年）　Uターンした頃のふるさと風景
私たちのふるさとは今、過疎化進行の中で2020年代
に入ると、もう4〜5人しか住んでおりません。

三十三　努力と感謝

あけましておめでとうございま〜す。

ここ数年、コロナ異変で鳴かず飛ばずでしたが、第二第三のふるさとを持つ私は、福岡や東京あたりからの便りも楽しみに、故郷の日常生活は少年期へしずかに戻っていくみたいな感じ。孫は五人共鹿児島で出産してもらいましたのに大学進学や就転先は関東地区となり、将来日本中にひろがってゆきそうです。

今や傘寿の身、過疎・高齢化の渦中にあり、近き将来をひそかに心配しておりますが、祖父母たちが築いてくれたわが故郷が末永く平和な田園文化地域であらんことを祈りながら新年を迎えます。

国分の道場勝さんや豊広邦夫さんたちとは兄弟のように今おつきあいをしていますが、この十年余り、海津方面の人とも交流し、たくさんの学びをしました。

その中の一人・伊藤仁夫様から昨春元旦にいただいた書家の筆跡「この道より我を生かす道なし　この道を歩く」号は鴻仁だそうです。この前の海津訪問の折、治水神社周辺の広大な農場へ案内していただきました。最後は邸宅の御仏壇に合掌させて下さり、貴重なお話を賜わりました。

「〝先代がさつま様に足を向けるな〟といわれて育ちましたョ」「毎朝夕読経、真宗なので親鸞（しんらん）様の教えを味わっています」と。御長寿の秘訣を「努力と感謝」だといわれた時、「鹿児島の私たちは先祖様にきちんと手を合わせてきたかなあ」と反省させられました。道義高揚の基礎にあるのはご先祖様を含めた大自然への報恩感謝の念からだと教えられた思いでございます。

暮に「南風録」紹介の言葉――「わが道は一以（いちもつ）て之（これ）を貫く（論語）」――解説によりますと、孔子の心は「忠恕（ちゅうじょ）」つまり「真心や思いやり」の意だそうです。

旧隼人町に設立されていた志學館大で私たちは生涯学習センターを発足させた思い出がございます。県内初のセンターで朝な夕なに霧島連山を眺め、新鮮な気持で師弟同行の道を精進できたわけです。

南風録に刻まれている中村哲医師の足跡は「丸腰の人道支援という一本道」のようです。論語には「知仁勇」が説かれています。大学の研究室では平塚益徳博士の「一以貫之」が人生目標でした。海津の方々とも語らい励ましあいながら、今年こそ力強い精進を重ねたいものです。（文頭の「書」は井上泰三＝義弟＝）

三十四　真心（まごころ）と思（おも）いやり

賀状やエッセーで見つけた言葉「忠恕（ちゅうじょ）」、訳すれば「真心と思いやり」になります。

ここ数年、地球全体がコロナに囲まれてみますと、誰しも古典に目を向ける。そこには、天から光、地から熱が湧き出してきます。ともかくも、今、考えられるべきは〝延命〟賀文のふしぶしから力強い友情の言葉が伝わってくるからです。

私は鹿児島市で幼年期を送り、大空襲のあと父祖の地に移りました。わが家は零から始まる百姓生活に一変したわけですが、父が校長だったおかげで、疎開先の仮住宅にもお経の本や百科事典などが並べてありました。集落では墓参りや木戸（きど）掃除、子ども会では学芸会や夜学習などできちんと躾（しつけ）られました。先生方からモデル集落だとほめられ、誇りに思ったものです。

溝辺小中校までは往復3里でした。大石ゴロゴロの曲りくねった山坂を越えての登下校、集落対抗の草野球も楽しみましたが、上級生からはよく殴（なぐ）られました。郷中教育の長所短所に気付かされ、生徒会などで問題にしたこともあります。高校から大学へ進み、新しい雰囲気が出てきました。私の指導教官は平塚益徳博士ですが、貧乏学生の私もよく励まされ、ある時期、先生宅に居候（いそうろう）させて下さり、山と積まれた蔵書を読んだり、先進地のお話を拝聴して夢がどんどんふくらんでゆくのでした。先生は原爆落下地・広島から福岡に異動された方だったので、世界平和問題や国際親善の在り方などを大変熱心に教えてくださいました。私が鹿児島出身者であることに注目された先生は、わざわざ男尊女卑の根源を歴史的に検討する時間を設けて下さり、『女子教育史』なる共同研究の成果を小冊子に仕立てて下さいました。

　国立教育研究所で〝日本近代教育百年史〟（全10巻）の編集執筆、「アジア人留学生に関する総合研究」に参加させていただけたのも有難いことでした。日本近代の位置づけや、周恩来・魯迅らから尊敬された松本亀次郎研究に地元掛川市の方々と取り組んだ結果は、この数年の間に大きな実りをもたらしました。研究を未来に生かすための道筋を立てる仕事に、私たちは今情熱を感じています。

静岡県掛川市の方々と中国視察

三十五　新大学構想

　孫のひと言(こと)、「おじいちゃんは、いつも文化文化と言ってるけど、本当の『学問』は衣食住を結んだ時に現われそうだね。」「どこで気付いたの？」「金沢旅行をした時サ、まちは三拍子揃ってたョ。」

　コロナ下の世界でも情報はテレビ新聞等でゆきかいます。年初(としはじめ)は「行(い)く・逃(に)げる・去(さ)る」というので要注意。若き日の世界巡り・視察研修等で番組やエッセーが気になりはじめ、電話等で友と語り合う時間は増えてきました。

　随想「鹿児島の魅力は食、そして人」は神奈川出身馬渕知子さんからの励まし、二月六日付南日紙上「朝の文箱(ふばこ)」に描かれています。日曜美術館では、オルセーが紹介されていましたね。比較教育学者の岩橋恵子さんのお力も借りて旧隼人町の方々とフランスのウイイでぶどう狩りをしたことがありました。大晦日に津田和操九十翁ご逝去の折披露してあった『フランス訪問記』に私も注目しました。津田和町長さんは隼人〜溝辺を結ぶ本格道路を造成し、志學館大の隣には若者のために自動車講習所も誘致して下さったのです。まちづくり基本構想の中に新大学をきちんと入れて下さり、当町在住の教員や学生まで委員に推挙されました。西郷(せご)どん村には温泉付き生涯学習センターをつくり、隼人駅舎は高層化して「大隅国一之宮(いちのみや)」とタイアップした博物館・美術館に改造する案などを真面目に語りあっていたのに。日本版オルセーには世界中の観光客が集まったかも知れないのに……。残念。

海外に渡られ、今はふるさとで教壇に立っておられる盟友・宮薗広幸(ひろゆき)先生に電話を入れてみました。栗野のアートの森から招待券を送って下さっていたので時折り見学したものでしたが、松陽高校では教え子たちとフランス旅行を実践されておられる由、先生は若い頃パリだけでも10回程一時留学、芸術の基礎固めをされたらしい。広く世界全体の動向を伝えて下さる方で期待がひろがります。

三十六　故郷（ふるさと）の新学期

ＰＴＡや同窓会、学校評議員等のご縁で、春は卒業や入学の式典にも協力してきました。ところがこの数年、コロナのため「ご遠慮を」の連続、時折り孫たちの学校に足を運ぶ程度、何だか不思議な春が続いております。

そもそも「入学」とは「師のもとに弟子入りする、寺に入り僧侶について仏道を修行する、入門。」学校未発達の頃は寺入りが大きな春の行事だったようです。

修行といえば、今はクラブ活動でしょうか。孫たちも入学後サークル等での体験学習が一生続いてゆくらしく、孫の一人は全国の学友を誘って、祖父母の家でバーベキューを楽しんで帰りました。男の子だけの合宿ですが、翌朝庭を見ると空缶ビールの山々。……

若き日、欧米あたりの学校では体育と音楽を重視したという知識を得て、「多様な技術を身に着けた方が良いよ」と語っていた所、昨夏帰省の折はホームコンサートを実現、長男が奏でるトルコ行進曲を皆で楽しむことができました。冬休みはスキーにも行ったのかナ。

さて、生涯学習社会に生きる私共の入学式は何時（いつ）でしょうか。約三十年前から、私は「大学史研究会」に入会、紀要30号に寄稿を求められました。そこで、「大学はアカデミズム・リベラリズム・ヒューマニズムの統合」「世代国境を越えて語り合える場所」を主張しておきました。

「ふるさとにも四年制女子大学を造りたい」という伊佐出身志賀フヂ先生の呼びかけで溝辺出身の私もUターンしてきたわけですが、幸い隼人キャンパスで20年間、新大学も存在していました。九州各地をかけまわっての学生募集、或る年などは沖縄だけでも50名の入学者がありました。その後、キャンパス移転のため、跡地には今太陽光の建物が立ち並んでしまいましたが……残念でなりません。

県内では人口微増の霧島市なので、近き将来、新天地に次代の若者たちが世界平和に通じる道を開拓してくれることと信じています。

全国的ひろがりで、今、絵手紙文化サロンが公開され、清々(すがすが)しい交流が深まってきました。絵と文を組み合わせるためには、豊かな文化情報がゆきかう必要があります。地域の方々の学習意欲に、私は圧倒されてしまいそうです。

三十七　幽邃閑雅の庭

『戦争と平和』（Vojna i mir 露）はトルストイの傑作、若い貴族アンドレイとピエールの生き方や運命をナポレオン侵入と敗退を背景に描いた叙事詩的ロマン。私たちも受験期に注目してはいたのでしょうが、当時は名称だけで内実を追求した記憶はない、本当（ほんと）の学問はまだしてなかったようです。恥かしい限りです。

二〇二二年のロシア→ウクライナ侵略は世界史上の大事件です。どんな結末になるのやら、国際社会はまだまだ帝国主義段階、いらいらしてきますね。

しかし、こんな時こそ冷静に世界の来し方ゆく末を吟味したいもの、何か良い表現はないかなあと探してみると、ありました、ありました。『興南』第117号に金沢在住の若林忠司さんが特別名勝とのご縁を見事に描いておられるではありませんか。兼六園の白鳥路に建つ三文豪（秋声・鏡花・犀星）像にも見とれてしまいそう。芦田高子著『歌集兼六園』にはどんな詩（うた）があるか確かめてみたいです。

主題は「幽邃閑雅（ゆうすいかんが）」でした。奥深くてもの静かな湖と趣きのある庭、霧島山麓にはそんな風景はつくれないでしょうか。

先年、津田和操(みさお)氏引率で山口県下松(くだまつ)ダムを視察したことがございました。溝辺の竹山ダムは昭和57年の建造物、霧島山系の湧水を集めてポンプアップし、空港台地までジェットコースター並みに流し農地を改良、工業団地もできました。上野台地には南九州初の四年制大学を設立して下さったので、私も東京からUターン、20年間教壇に立つことができました。空港関連で里がえりをした若者もふるさとに夢と希望を抱いていたと思います。

溝辺小の土屋武彦校長は、たしか出水出身だったと思いますが、郷土研究会を「ふるさと水の会」と名づけ、姶良郡全体の積層模型をつくって文化祭に出品したり、竹子方面に点在している「ため池」の写真展を企画したり、過疎化・高齢化に歯どめをつけるための対策に協力することになりました。竹山ダム公園ではマラソン大会も企画、上床公園には文化ホール(みそめ館)を設立、秋田のわらび座を呼んだり、新沼謙治クラスの歌手も来溝、旧霧島町や牧園町に多い歌碑も浄財二百万円を集めて特攻記念碑の近くに建て、みぞべ文化叢書は10巻出版しました。そして、最大の事業は日本一の人物像「現代を見詰める西郷隆盛」建立でした。

三十八　海と陸と空

きょうだい数10だった私たちも今2人、5月15日は福岡在住の姉から留守電があり、「今、NHKで沖縄復帰50周年記念式、ちゃんと見てますか」との内容でした。

ウクライナ問題やコロナ禍で世界中さわがしくなっていますが、平和への認識は不足がち。姉の電話に「これではいけないな」と目を覚ましました。日曜美術館では沖縄文化を拝見したのに、50周年のことはうっかりしており、早速テレビをつけ、夕方も色々勉強しました。

退職前は、学生募集や現地入試、学会参加等で沖縄担当の責任上約20回も表敬訪問した沖縄県、何しろ南北一五〇〇キロの海域なので、本土並みには参りませんが、当時、沖縄からの学生には特に熱意を込めて応援していたものです。琉球ご出身の砂川先生を志學館大の学長にお願いしました。ある年度は在学生50名に達していきます。

私一家は鹿児島市大空襲直後、実家の溝辺村まで下三人連れられて疎開、小中高時代は父母の手伝いにも頑張りました。その折りの農業体験が、Uターン後の今、大いに役立ち、この夏も米つくりです。「田起しは何とか済んだョ、田植えは六月中旬。孫たちもよく手伝ってくれる」といった話につながっていきます。米つくりは先祖代々受け継がれており、川の源流から取水するので味は抜群で、毎年、集落の長老たちにも試食してもらいます。先祖への感謝の気持は自然とわいてくるから不思議です。

大学で「教育学」担当の先生方による21世紀の研究課題は「環境・平和・生涯学習」といわれています。早いもので卆業後まもなく半世紀、昨今の世界を眺めておりますと、これらの課題が連携とっていないために、どの国も自分本位で行動しがちだと気づかされます。

折角Uターンできたのですから、地球的課題のふるさと版を語りあってみたいものだと、姉からの電話で感じることでした。

五月ふるさとの空にもコイノボリが高く泳いでいます。米寿の姉とはこうして電話しあっておりますが、集落の友だちと語り合い、戦争のない平和なまちづくりに努力したい、溝辺には日展入選書家の北里洋一氏がいます。「幽邃閑雅」な境地に立ち、みんな仲良く手をとりあいたいものです。

第二部　竹中精神で築いた生活

第二部　目次

〔以上38編〕

出典『竹中育英会報』
に掲載された寄稿文

（財）竹中育英会設立の趣旨

（昭和36年12月20日設立）

近年における日本経済は、多少の起伏を示しながらも、一般的には長期にわたる成長が期待され、これとともに国民生活も社会文化も向上しつつある。この成長を堅実に永続させるために最も要請されることは、青少年の育成と教育の振興である。

しかるに、現在の実情を見ると優秀な素質と確固たる意志をもちながらも、不遇にして向学の機会を失う青少年が少なくない。また、技術革新に伴い研究分野がますます拡大充実せらるべきに拘らず、その研究費等は不如意に陥りがちである。このような点が是正されなければ、文化国家としての正常な成長はあり得ないであろう。

株式会社竹中工務店は以上の論点を幾分なりとも是正したい念願をもって、この財団法人の設立を発意し、金2億円を寄付することになったものである。従ってこの法人は、その事業を通じて青少年の育成と技術の奨励を図り、もって社会に寄与することを、設立の趣旨とするものである。

竹中藤右衛門理事長の「趣旨」によって私共は竹中育英会の奨学生となった。選考委員長は京都大学名誉教授の天野貞祐氏である。第一回卒業奨学生名簿によると、「大学の部54名、高校の部29名、九州大学からは塩川光一郎（理学）と二見（教育学）の2名が近影をつけて紹介されていた。

会誌第一号は昭和38年4月30日編集人兼発行者は糸川政雄氏、年刊で、全国全分野から寄稿があり、アットホームな雰囲気の中で会員のユニークな意見を読むのが楽しみであった。

第二部は拙稿を選んで綴ってみた。わが青春日記の一端である。会からは学位論文の執筆が奨励されていた。筆者の研究目標もそのことに定めて半世紀、おかげさまで、後輩たちの励ましを受けながら、このたび念願の博士号を拝領できた。本部からは学位取得届が求められたので、標題を記し本会への報告とする。

「松本亀次郎研究——その教育観と実践」

the Degree of Doctor of Philosophy (Education) —— having submitted a doctorial dissertation and successfully fulfilled all the requirements <July 31, 2023>

学位授与式はオールイングリッシュで行われた。約半数を占めると思われる外国籍の方々、内部情報によると80代で学位請求をした者は稀だとのこと。これまで教壇で生涯学習の大切さを説いてきた筆者としては、学界はそこまで進展していたのだと感動する。年齢や国籍を問わず、専門性を問わず、地球的規模で「学問」を追求する。竹中精神の真髄はそこにあるのだと自覚した。竹中翁が本事業を設立された年齢にはまだ及ばない。第二部ではそうした身辺の思いを綴ったものである。

まえがき

21Ｃになって20余年、私たちも早や80代に入った。静かにふり返ってみると、これまで沢山の先達に励まされてきた半生、特に竹中育英会から受けた励ましは感謝の一語に尽きる。『会誌』に寄せられた「卒業生のたより」を通読すると き私たちの心にしっかりと築かれてきた「竹中精神」の大きさに気づかされる。たとえば、『会誌』11号には寺沢会員がみんなの気持を代表して次のような言葉を引用し、実践されていた由。

「本当の勉強はこれから始まる」

「毎日、毎月、そして毎年新しいことを覚え、体験し、日進月歩してゆくために、少しでもよいから、自らを新しい環境のなかにおくよう、工夫してゆきたい……。」

父たちの世代が教育界で苦労していた戦前の姿を見て育ったせいか私も後継者の一人として「新しい環境を創出するために」世界の歴史と現状をしっかり研究し直し、先人たちの励ましに応えられるような人間になりたい、と決心していた。私たちが力を発揮する・できる時間は残り少なくなってきたが、もう一歩二歩、前向きに努力したいものだ、と心を新たにしたい昨今である。

その理想と実践が後輩たちへの励ましの言動につながるかどうか、傘寿を乗り越えた今、再度回顧することも大切ではないかと思う。

竹門会誌に掲載していただいた記録を通読しながら、私もしっかり学問の道に励み、実践してゆけたら本望である。まずは、この辺りで約半世紀の歩みを書き出しておくことにしよう。反省も含めて。

本書第二部として、竹門会誌に掲載された拙稿を読み直し、総合的に検討するのも楽しかろう……というわけで、やや自伝的内容になるが、拙い寄稿文を少し集めてみた。

一　我が家の年輪も三つになりました

（昭和44年　会誌12号）

日本近代教育百年史編集事業もいよいよ本格化してきた。というより追込まれたと表現すべきだろうか。５委員会編成で総勢百名に近い研究者を全国から動員するため幹事役は骨が折れるが、学術研究の内側に人間同志のさまざまな動きが感じとられ、その面での副産物も多い。とはいえ、肝心なことはあくまで研究内容であり、討議の際の態度や表現にも慎重にならざるを得ない。今まで批判に耐えうる実績を学界では発表していない若輩にとって現在の仕事は重荷でありむしろ苦しい。しかし、ここで怠慢放擲してはならないぞと一進一退ながら元気よく勤務に精出してゆく。

心の洗濯にも心がけている。まず家庭生活とそれを支える親族知人朋友との交際を大切にしたいと思う。人の心の花を見ず汚ない空気の中でうごめいていてはなるまい。しかし、新しい未来を建設するためには、色々な方面での自己改造が抜本的に考えられねばならないのも確かである。身近な問題も多いのだが、果して「年輪」のふくらむごとに根も幹も強くなり、太陽の光や水分を吸収して花も実もある生涯を築けるだろうか、心を引きしめて今日も明るく前進したいものだ。

〔解説〕竹中育英会本部にも時折り送付していた『年輪』——実は小論に盛った内容をみると、夫剛史の誓いに続けて妻朱實の文（約五百字）、二人で作成した仮年表（54行）——が続く。自家製版『年輪』はまさしく年刊、育英会誌と同じく年一度、身辺を整理するようにして本部の方にその一部を送る努力も続けていた。（但し毎号ではない）

二　国立教育研究所から日本大学へ

（昭和50年　会誌23）

上京8年目、東京目黒の国立教育研究所で『日本近代教育百年史』（全10巻）を編さん執筆していたのが昨年完成。現在、大学の教壇に立っています。昨年末～本年初、インドで開催のＷＥＦ（世界教育連盟＝現世界新教育学会）ボンベイ大会に出席、見聞を広めてきました。

人口10億を越えるインドではバンブーダンスやビル建設用材に多量の竹を用いています。

〔追記〕会場でインドの方々が日本の歌「さくらさくら」「上を向いて歩こう」「……」等つぎつぎに流して下さるので私は思わず「どうして日本人をこんなによく持て成して下さるのでしょう」と呟いていたら、そばに立っていたロシア人いわく「あなた方（日本人）は二年前東京で私たちを大事にして下さっていましたね。インドの会員たちは、その時のお礼にと日本の歌を世界中に紹介しておられるんですよ。」メロディーは皆の心が通いあった宴会のひと時でした。

そのあと、参加者を五・六名ずつ分散してインド人の邸宅にホームヴィジットした時私は「今だ」と思いまして、「埴生の宿」を日本語で独唱（小声で）していますと、英語・仏語・独語・伊語等々で斉唱が始まりびっくり、「これが国際親善の原点なんだなあ」と理解、「歌は世界語だ」と実感したのを思い出しています。

三　インドに続いてオーストラリアへ

（昭和51年　会誌24）

夏休みに赤道を越えてニュージーランドとオーストラリアを旅してまいりました。世界教育連盟の大会がシドニーのマックォリー大学を会場に開催され、世界各地の教育関係者が集まりました。インドのときは22名だった日本代表団も今回は48名、幼・小・中・高・大各段階の先生方、奥様方、高校生まで含む大部隊となり、実のある国際親善の機会となりました。百聞は一見に如かずで、見るものすべてが大型、国土の広さから生ずる生活のゆとりには只々驚くばかり。ニュージーランドでは半日のバス旅行中、国道沿いの両側は牧場また牧場です。キャンベラの戦争記念館も見ごたえがありました。バーベキューの厚い肉、コーラルツリーの真赤な花、桜も少々咲いていましたよ。

シドニーでは港周遊の船上で和やかな国際交流（4時間）、日本の歌もいくつか紹介できました。〝世界は一つ、教育は一つ〟を実感しました。東京～シドニー間は直行で9時間、オーストラリアも身近かな隣国となりそうです。

四　昭和38年春の思い出

（昭和53年　会誌26）

忘れもしません。昭和38年春、卒業奨学生（第1回生）を励ます会にご招待をうけ、大阪まで出かけました。父母の金婚旅行にお伴することができたのもそのおかげでした。〔金婚旅行の費用は親族の方々が調達して下さったようです。〕あれから15年〝竹中工務店〟施工の看板をみるたびに、竹中育英会への感謝の気持がよみがえってまいります。

五　約20年ぶりのUターン

（昭和55年　会誌28）

史と景の国・鹿児島に帰ってきたのは一九八〇年、83歳の母（二見さと）が末っ子のUターンを待っていました。有馬四郎町長さんにも早速挨拶。

新しい職場は新設まもない鹿児島女子大学（隼人町上野台地）で「教育学概論」（日本教育史プラス比較教育等）を今講じております。北に霧島、南に桜島を拝むことのできる三百米の高台では、鶯や雉子や小綬鶏たちが終日鳴いています。子どもは、私の母校溝辺小・中学校にそれぞれ通い始めました。

妻は八十路を越えた母に教わりながら、筍（タケノコ）料理、茶摘み、味噌つき等々に目を輝やかせています。生活のリズムが調うまでには暫く時間がかかると思いますが、大自然の下、光と影の両面に深い愛情をもって、暖かな人間関係を父祖の地にも築きたいと念願しております。竹中精神を発揮して、大いに社会のためにも働かせていただくつもりです。

（会誌28号には「卒業生のたより」のほか「近況報告」の中にも拙稿あり。）

六　私は大学と地域のパイプ役

（昭和62年　会誌34）

長女が今春大学に進学し、東京での寮生活に入りましたので平常は４人暮らし、昨夏新築の２階からは、北に霧島連山、南に桜島の雄姿を眺めることができます。空港まで３㎞、職場まで４㎞で便利な場所です。大学での担当科目は教育学、同概論、日本教育史、比較教育学等で、教育実習にも立合っています。私立大学では学生募集や就職指導（職場訪問）の機会もあり、教職員には地域と大学のパイプ役が課せられております。「尽己報郷」の精神で、只今鹿児島県文化協会事務局長、溝辺町文化協会長、加治木高校ＰＴＡ会長等を引受けていますが、幸い元気です。こうして、次第に社会が見えてきました。

七　天と地を知るための努力

（昭和64年　会誌37）

帰郷以来、大学と地域との接点を求めていくつかの社会的役職も思いきり引受けてみました。自治会長、公民館連絡協議会副会長、高校生父母の会会長、高校（母校）ＰＴＡ会長等を卒業し、ただ今、町文化協会長、県文化協会事務局長、青少年育成町民会議環境部長、町社会教育委員等です。ＮＨＫふるさとの歌鹿児島コンサートや椋鳩十記念館建設実行委員会の末席も汚しています。

学会発表は日中文化交流史と女子教育史を柱に毎年努力してきましたが、著作としてまとめるには今一歩です。外国視察ではこの数年インド、タイ、オーストラリア、ニュージーランドに続いて、韓国、オランダ、ベルギー、東西ドイツ、チェコスロヴァキア、中国（北京）ときて、視察内容を教材にした講義に励んでいます。

八　先祖墓の柱石保存と家の由来碑建立

（一九九〇年　会誌38）

竹中育英会卒業奨学生のための第1回歓送会にご招待を受け、新大阪ホテルに参上したのは昭和38年春、丁度父母の金婚の年で、末っ子の私も同行し二見が浦に宿泊、父と母の笑顔が忘れられません。あの日から四半世紀、昨年春、95歳で母も他界、父の許に旅立ちました。

「逢えば皆もの言うくれる嬉しさよ
　心やさしき村の人びと（サト）」

を色紙にしてお世話になった方々に謹呈いたしました。次には納骨堂をつくり、その横に先祖墓約20の柱石を保存する形で家の由来記（碑）を建立、入魂式、初盆行事等を済ませました。

敬老の日には、いつも町から慰問を受け喜んでいた母でしたが、今年の秋はさびしいことです。その分を周囲の方々にお返しするのが亡き父母への供養だろうと思っています。「天寿を全うされたのですよ……」と慰められます。年齢に不足はございませんが、両親と別れ、あらためて味わう親子・集落との絆です。

　生前、母は「今日お前があるのは竹中育英会のおかげですよ。」と口ぐせのように申しておりました。私は、しみじみと、その言葉をかみしめております。浄徳院と宝寿院の称号を浄土真宗性應寺から拝受された父と母、愛児十人、先祖供養の役は結局末っ子の私に委ねられることになりました。合掌し読経を重ねるたびに感謝の気持でいっぱいになります。

九　竹中精神を胸に築いた学究生活

（一九九二年　会誌39）

郷里鹿児島の四年制女子大学に奉職して10年、東京時代15年をこれに足すと四半世紀、それはまた竹門会の歳月でもありました。去る3月、これまでの10年間に発表した紀要論文等を集成し『女子教育の一源流』（A５判155ページ）を出版しました。次は、戦前日本における中国人留学生教育に尽力した松本亀次郎（１８６６~１９４５ 静岡県出身）の伝記をまとめる計画でした。教育史研究という地味な仕事ですが、竹中精神を胸に「築く」ことの大切さを自覚し、一歩一歩形にしてゆけたらと念願しております。諸兄姉のご健勝を祈るや切。

十　アメリカから学ぶことも多いよ

（一九九三年　会誌40）

WEF——World Education Fellowshipの1992年大会が、Hartford大学で開催のため、この夏は2週間北米の旅を楽しんできました。大学4年の娘も連れてゆき国際社会の実体験でした。Boston・Washington・Vancouver等の大都会も良かったですが、印象に残った1つがElmira大学。写真は、万国旗の下、九州大学卒・福岡県出身の副学長さんを囲んで撮した一枚です。Mark Twainの別荘も見せてもらいました。歴史や自然を大事にしている姿勢に心打たれ、アメリカから学ぶべきことはまだまだ多いのだと痛感した次第です。

（中央黒スーツが私。左端は娘の友子です）

十一　ＮＨＫのＥＴＶ取材のため訪中

（一九九五年　会誌42）

私の専門分野は教育史と比較教育ですが、20年来研究を重ねてきた松本亀次郎（１８６６～１９４５）について、このたび（'94.8.23）ＮＨＫのＥＴＶ特集で全国放送することになりました。松本は魯迅や周恩来から「先生」と慕われていた日本語教師で、静岡県大東町の生家跡には顕彰碑が建立されています。昨年来相談を受け、７月には静岡・東京・北京・鹿児島で取材ロケがあり、彼の足跡を辿りながら、私なりに、歴史的解説と研究の意義づけにつき意見を述べさせてもらいました。

十二　歴史を支えた人・松本亀次郎

（一九九六年　会誌43）

郷里鹿児島に帰って15年、おかげさまで大学運営も軌道に乗り、約千名の学生を相手に教学の道に励んでおります。研究面では、戦前日本で中国人留学生教育に生涯を捧げた人・松本亀次郎（１８６６～１９４５）を評価したことが、ＮＨＫでも注目され、ＥＴＶ特集で「日中の道・天命なり」と題する番組として全国放送されました。時代を超え国境を越えて活躍した教育者に肖る気持で、これからも地道に努力するつもりです。「歴史を支える人」になりたい——これは「竹中精神」にも相通じる哲学ではないかと思っています。

十三　21世紀はアジアの世紀

（一九九七年　会誌44）

初孫が生まれました。可愛いものですね。優太と申します。妻は「泳ぐ日の喜び」と題する鯉のぼりをパッチワークで作りました。

21世紀はアジアの世紀といわれます。私の研究も日中文化交流史から一歩外に出て、今年は正月にタイ（バンコック）、八月にマレーシア（サラワク）を初訪問、現地の方々とも語ってまいりました。環境問題（たとえば森林破壊、企業倫理）を教育とどう結びつけるか、地球規模で再考せねばならぬ時期が来たのだなあーというのが実感でした。子どもたちのいのちを輝かすために、ベストを尽したいですね。

十四　妻は『父母に贈るこころの詩（うた）』を出版

（一九九八年　会誌45）

平成九年度から学生部長に就任、一〇八七名（県内県外約半々）学生の顔を念頭に置きながら21世紀への夢を育てる仕事に情熱を傾けているところです。一九九九年を期して男女共学・2学部制・定員倍増の新大学へ脱皮すべく、目下カリキュラム編成、施設設備の充実に努力しています。家庭的には初孫誕生、優太と命名、よちよち歩きの姿を眺めながら戦時下に育った私共の幼児期を連想しています。妻が両親に30年間送り続けた絵手紙を『父母に贈るこころの詩（うた）』として出版、その原画展を鹿児島や福岡で開催しました。内外共に充実した生活に感謝します。

十五　育英会本部事務局を表敬訪問

（一九九九年　会誌46）

平成10年葉月の初旬、竹中育英会事務局を訪問、福島浩太郎先生にご挨拶して参りました。本部表敬は卒業以来のことで30数年ぶり、その間、育英会の事務局長は5代目とか。先生の豊富な識見に感服し時の経つのも忘れて育英論を談じてきました。

建築業は自然と科学技術の調和も目指しながら「創造」につながる仕事であり、育てる文化、人間社会の進歩に寄与している意義を認識いたしました。小生の大学は平成11年4月に共学制発足予定で、只今新設学部講義棟の建設中、新校名は「志學館大学」です。どうぞご期待ください。

十六　われら一回生は戦後新教育の第一期生

（二〇〇〇年　会誌47）

孫２人を囲み、家族で私の還暦祝いを催してくれました。同期会でも、恩師を招待して記念会を企てました。有難い１９９９年です。私共、１９３９年生まれは戦後新教育の第１期生、戦争と平和の原体験をしっかり味わいました。おかげで「地球市民」たる自覚は人一倍培ってきたような気がします。先般、日中合作映画『チンパオ』（中田新一監督）の上映に協力しましたが、21世紀を平和な世界に導くためには、日本国民として、戦争責任を正確に理解しておかねばならないと、思いを新たにしました。皆さんも、ぜひご覧下さい。平和あっての「学問・教育」なのですよ。

十七　21C最初の海外視察は大連とマカオ

（二〇〇一年　会誌48）

還暦に達し、孫3人を加え幸せな家庭を築いています。竹門会員としては37年目、20代に受けたご恩にあらためて感謝の念を覚えます。今年は母校九州大学教育学部が50周年でした。勤務先は共学制・学部増のため、鹿児島女子大学から志學館大学と改称、只今、生涯学習センター長と人間関係学科学校臨床教育学専攻主任を拝命、社会的には鹿児島県文化協会と母校加治木高校同窓会（龍門会）の各副会長、郷里溝辺町の文化協会長や総合開発審議会委員等を引受けました。Uターン後再開した米作りがもう20年目になります。海外は大連とマカオに行きました。

十八　還暦記念に『華甲一滴』を出版

（二〇〇二年　会誌49）

新世紀初年の4月、南アフリカのサンシティでWEF（世界教育連盟）の会議が開かれたのを機会に憧れの「喜望峰」に立ってきました。成田―香港―ヨハネスブルグ―ケープタウンと飛んだわけですが、10日間がまるで夢のよう、参加者11名で近く紀行文集を出します。9月には九州大学の先輩達とシルクロードの旅、ライフワークである日中文化交流史を深める契機となりました。

還暦記念に『華甲一滴』と題するエッセー集を出版しました。只今孫3人でマゴマゴしています。夏休みにはレンタカーで奄美観光、宇検村の花火をしっかり楽しみました。

〔解説〕『南日本新聞』H13・5・6号の「ひろば」欄に投稿、掲載されました。

ひろば

2001年(平成13年)5月6日　日曜日　(日刊)

南日本新聞
鹿児島市与次郎1丁目9番33号
(郵便番号 890−8603)
南日本新聞社

「地球は一つ」実感した旅

教師　二見　剛史（六二）

ヨハネスブルク郊外のサンシティーで会議があったので、初めて南アフリカを訪問しました。日本の三倍の国土に約四千万人が住んでいる国、日本人は今八百五十人在住しているそうですが、観光客は多く、あちこちで日本人と一緒になりました。

国民の約三割が失業しているらしく、街頭での物売りや青空市場の風景がみられました。しかし、高校生や大学生の目には向上心が感じられ、歓迎コーラスの力強さ、質の高さには驚きました。

大西洋とインド洋がぶつかるアフリカ南端の海の色は、南北六百キロの海域を持つ鹿児島県と同じく、清澄で、地球の大きさ、広さ、美しさを心から感じました。

ケープタウンでお世話になったエドワードさんの奥さまは沖縄の方、ご自宅には日章旗が立ててありました。「地球は一つなり」という言葉を実感した旅行、この体験を二十一世紀の生活にしっかり役立てたいと思っています。

（溝辺町崎森）

Certificate

It is hereby proclaimed that

PROFESSOR TAKESHI FUTAMI

did witness the legendary meeting of the Atlantic and Indian Oceans at Cape Point

Date 28/APRIL/01

EDWARD THRESHER
SCARBOROUGH LOCAL COUNCIL
CHIEF EXECUTIVE OFFICER
COMMISSIONER OF OATHS
GOVERNMENT GAZETTE 9409 OF
16 NOVEMBER 1984
TEL: 27-21-448-3817　FAX: 27-21-448-3844
P.O. BOX 127　WOODSTOCK　7915　SOUTH AFRICA

MOTHER CITY TOURS
CAPE TOWN

竹門会員　二見剛史（志學館大学）

十九　志學館大学で教育学関係者の全国大会

（二〇〇三年　会誌50）

九州教育学会第53回大会を勤務先・志學館大学で開催（２００1年11月）、また、同大公開講座「学校臨床セミナー」を実施（２００2年8月）、共に二百名の参加で盛況でした。２００３年夏にはＷＥＦ国際教育フォーラム全国大会を引受けました。鹿児島空港から約１０㎞に位置する大学です。

民具学会の案内で妻と甑島を初訪問、椋鳩十の作品に出てくる「孤島の野犬」の碑や森進一の「おふくろさん」歌碑も眺めてきました。資料館では漁具の展示が光っていました。身近かな地域に高い文化性を持つ島が並んでいる鹿児島県、Ｕターンして23年目になります。

二十　フォーラムのテーマは「国際教育」

（二〇〇四年　会誌51）

司馬遼太郎記念館に足を運びました。一字一句を大事にされた筆の跡に感動。彼と親交の海音寺潮五郎が私の母校（鹿児島県立加治木高校）の先輩だけに歴史や文化への思いを新たにいたしました。

夏休みに入った頃、志學館大学コスモスホールを会場にＷＥＦ（世界教育連盟）国際教育フォーラムin鹿児島を開催。大会テーマは「21世紀の生涯学習――地域と学校の連携」です。県外から50名、県内から200名近い人たちが集まりました。大会運営のプロセスでは多くの良き出会いがあり、実行委員長として満足しております。鹿児島を世界に結ぶ一日でした。

二十一　東京竹門会に初参加

（二〇〇五年　会誌52）

シニア（65歳）に達した翌日、東京での竹門会に初めて参加し、40数年間の感謝を表現してまいりました。良き仲間たちと語り、人生のまとめをしたいなあと思うことでした。9月、世界新教育学会から第7回日本WEF（World Education Fellowship）小原賞のため上京、平塚に住む姉（坂井修代）が表彰式まで駆けつけてくれました。若き日に入会、1973年以来8回、国際会議に出席したことや2003年度鹿児島大会の実行委員長をつとめたことが評価されたのだそうです。全ては竹中精神で生きてきた学究生活でした。家族も友人も大変喜んでくれました。

二十二　退職金で溝辺に書庫を増築

（二〇〇六年　会誌53）

２００５年３月志學館大学を定年退職、５月には名誉教授の称号をいただきました。今、週数回非常勤で教壇に立っています。退職金で書庫を増築、太陽熱発電に切換えました。住宅ローンも返済完了、いよいよ人生の折返し点を通過した気分です。これまでの蓄積を分類整理しながら著作活動等にも精出そうと思います。幸い、孫たちもすくすく育ち、地域社会の方々とも楽しい語らいができます。Ｕターン後始めた米つくりを続ける中で、自然や歴史の大切さを実感しています。竹中精神で心を磨き、過去に感謝、未来に夢を持ちたいものです。

二十三　鹿児島の山中にも「竹中池公園」あり

（二〇〇七年　会誌54）

左端が筆者

鹿児島県北部に「竹中池公園」があり、毎秒１トンの湧水量で水温17度、鯉や鱒料理、そうめん流しは涼味満点です。私たちの人生も竹中水源で心を磨きながら前進してきたような気がしてなりません。昭和38年春、新大阪ホテルで第一回卒業生歓送会の折り、本部の糸川先生が言われました。「あなた方は竹中への恩誼を考える前に広く社会のため貢献できる立派な人間になって下さい」と。感激しました。竹中育英会の神髄にふれた思いでした。あれから40年余、私も孫４人、2006年の正月には家族みんなで門松を立てました。元気に暮らしています。

二十四　父祖伝来の地で子育て中

（二〇〇八年　会誌55）

2006年暮に『霧島市の誕生』という著作を発表、2007年正月から「霧島に生きる」と題し連載を地域誌に執筆しています。何かを続けることは大切な人生修業、たゆまぬ努力を要します。竹中岩英会誌も55号、有難いことだと感謝しております。小生Uターン後始めた米つくりが25年を経過、小型耕うん機を動かし、田草とりにも精出しています。夏の日中は暑すぎるので早朝か夕方水田に入り泥んこになりますが、清々しい気分です。過疎化や高齢化の進む故郷を体を張って守りたい、「ケシンカギイキバイモンソ」の気分でシニアに入りました。

二十五　理論と実践の調和

（二〇〇九年　会誌56）

二〇〇八年二月に5番目の孫が誕生、わが家は総計11人、家族団欒（だんらん）も楽しみです。本業たる研究活動は大学退職後も継続しており、四月出版の共著等で非常勤の教壇に立っています。エッセー集は4冊目に挑戦、地域情報誌に毎月書き貯めている文章に古い作文も加えて編集中です。今、最も関心のある研究テーマは「農業と水」、30年近い米作りの実践が新しい生き方を求めているのでしょうか。

ふるさとの美化活動の一環に水辺清掃を呼びかけ、（地域のみなさんと「水の会」を組織し水辺の清掃作業や七夕祭、文化祭などを開催してきました。）宝暦治水工事に貢献した義士平田靱負（ゆきえ）を顕彰する事業にも参画、ゾルレン（Sollen）とザイン（Sein）の調和を図っております。（岐阜県と鹿児島県は只今「友好都市盟約」を結んでいます）

二十六　古稀七首にも竹中精神を盛り込む

（二〇一〇年　会誌57）

二〇〇九年8月11日、家族11人で祝ってもらったとき、皆なの名前を折り込んでまとめたのが「古稀七首」です。

①紺碧の文月葉月桜島家族揃いて吾が古稀茲に
②朱き実を朝な夕なに拝みつつ剛き心で遊びし日々よ
③二度と来ぬ人生劇場健やかに福を求めて文武両道
④優れたる知性を磨き寛大な心でみんなのために
⑤雅の名を共に貫いて見つめあう人生修行育英の道
⑥永しへに福の世界を築こうぞ友と手をとり幸せ祈る
⑦故郷を出でつ戻りつつ七十年、面から球へ、そして宇宙へ

竹中精神でシニアの道を歩む吾ここに

ちなみに、五人の孫は全員男の子です。

鹿児島の末孫は早くも高校生、先日は東京大学を見学に行き、向うにいる孫

と待合せ、土産持参で帰ってきました。孫同士励ましあい助けあって元気に成長してくれています。

二十七　沖永良部の海を眺めて思うこと

（二〇一一年　会誌58）

志學舘大学がキャンパスを霧島市から鹿児島市へ移すことになり、私個人としても実践してきた地域生涯学習文化活動の成果をまとめあげる時が来たのだろうと心を決めました。父祖の地では「水の会」を結成し川辺清掃や中世山城踏査や水に感謝の夕べ――灯篭祭り――等を広く県内に呼びかけています。楽しいですよ。

妻が自宅で絵手紙教室を開くことになりました。二見塾と命名し塾生は約70名、30代から90歳まで賑やかです。夏には孫たちの住む沖永良部島で青海亀の産卵の様子を観察、星空の下、潮騒の中、神秘的風景でした。

二十八　土師野（はしの）良明さん御一家とも交流

（二〇一二年　会誌59）

今年は土師野良明さん（一橋大学）の孫・隆之介君が「ロックわんこの島」に出演されたり、私の孫（福場寛文）が国際キルト祭のジュニア日本一になって会員交流が実現。

10月14日は竹中育英会創立50周年記念の会に出席「18世紀後期における世界認識の転換」と題する名講演を拝聴後ヒルトン大阪の料理に舌鼓を打ちながら夢の時空をいただきました。出席者約250名のうち１期生は阿知葉征彦・池田昌穂or正好・川北・二見の４人、スピーチのマイクがまわってきて恐縮。翌15日は鹿児島の霧島市で竹中工務店の山本光男様に竹門会の報告ができました。有難いことです。

二十九　竹門会交流半世紀になる

（二〇一三年　会誌60）

竹門会という「面」から地球市民としての「球」に身を置き物事を立体的に把え（られる人間になり）たい。そんな思いが天に通じたのでしょうか。この数年、土師野良明さんとの熱烈交流が始まり、次世代にも竹中精神を伝えることができるようになりました。

故郷では「竹山七夕燈籠まつり」を仕立て秋田県のわらび座にも出演してもらいます。母校鹿児島県立加治木高校の同窓会・関東龍門会が三州倶楽部で開催されました折り、「私の夫も竹中育英会ＯＢです」という後輩の方が挨拶に来られました。もう一つの母校九州大学の百周年記念式にも出席できました。私たちの竹門会交流も半世紀ですね。友だちがたくさんできました。

三十　奨学生の集いが毎年開催されています

（二〇一四年　会誌61）

竹中育英会のおかげで、私たちは学問の大切さを学び合い、世界の現状を伝えあって、お互い励ましあうわけですが、出身地や出身校が異なる全国の会員がどんな語りあいをしてきたのか、毎年大阪や東京で開催されている「奨学生の集い」で学びあっている内容を『会誌』でも知ることが出来ます。光栄なことに私も平成25年度新奨学生歓迎会（兼奨学生の集い）で小さなお話をさせていただきました。

私が大学で定めた人生目標は次の三つ、①環境問題、②世界平和、③生涯学習です。更に竹中精神で目ざしている次代への期待を専門としてきた教育学の分野だけでも狭すぎるという気持がわいてきました。そんな気持を外国語で表現するならば、

(a)　all for one, one for all.

(b)　mutual respect.

(c)　Man lebt nur einmal in der Welt.

といったキャッチフレーズになりましょうか。竹中育英会を美しいファミリーに育て、幸せな世の中をつくる一員になろうではありませんか。

会報61号に入力して下さった「一筆啓上」を添えておきます。

「竹中工務店に永年勤続されていた竹馬の友・二見求（昭和十一年生まれ、藤枝市在住）先輩が先日喜寿で永眠されました。竹門会第一期生を誇りにしている私ですが、求先輩も常々そのことを讃え励まして下さいました。考えてみると、先輩たちのお力で産み出された浄財が我々竹門会員に給付されていたこと、改めて育英会に感謝の誠を捧げたい私たちです。

　このたび、鹿児島県文化協会長を勇退したら名誉会長（現在顧問）に推挙されてしまいました。竹中精神で地域振興にもさらに力を注ぎたいと思っております。Uターン後30余年、米つくりも続けています。」

三十一　風格ある建造物が立地する景観

（二〇一五年　会誌62）

会誌61号の巻頭言にはハーヴァド大学で撮された竹中統一理事長らのお写真が添えられていましたね。私は一九九二年に同大やハートフォード大・エルマイラ大を訪問しましたが、同地域に保存されているマーク・トウェーンの邸宅や八角堂書斎を思い出します。先般、共著で『学校空間の研究』（星雲社）を出版し、その中で内村鑑三の学校論を紹介しました。風格・内容のある建造物が立地する景観はやがて世界遺産になりましょう。

（追稿）大阪大学卆業の竹門会員・林健考さんは、同誌の中で「内藤豊次記念館の建設提案」をされていましたね。

三十二　竹中理事長からの祝詞を発見

（二〇一六年　会誌63）

約50年前、竹中藤右衛門理事長から郷里の父母あてに大学卆業の祝詞が届いていました。最近実家での遺品整理をしていたら発見、奨学生一人ひとりを励まされた証明書、わが家の大事な宝物です。このところ県外にご縁があり、旅先から育英会本部へお電話する機会がございます。先日は妻たちに導かれて北陸へ、棟方（むなかた）志功や中川一政（かずまさ）の記念館訪問でした。２０１５年は第30回国民文化祭鹿児島大会、翌年５月26日は絵手紙の全国大会in鹿児島で実行委員長を妻がつとめます。竹門会メンバーも私の故郷にいらっしゃいませ。21世紀は市民交流時代だといわれていますよ。

三十三　大学院時代はバイトで軍資金を貯めました

（二〇一七年　会誌64）

喜寿の年、俺も農夫だ野に生きる

——秋の実りを祈る種蒔き——子どもの日に出来た一首です。熊本地域の方々の復興を祈りつつ、私も労働に心がけております。

東京からUターンして30余年、孫の一人は農学にも関心を持っています。鹿児島では国民文化祭や絵手紙全国大会の開催に私も協力してきました。

家庭では金婚式、全員集合で有難い時空。父逝きて半世紀（母は27年前）、毎月、命日の読経は欠かしません。……大学時代は父母がつくった新米を毎月届けて下さいました。大学院時代は4階建ビルの夜警で軍資金を貯めました。

〔解説〕竹中育英会からの奨学金は月額壱萬円、これにより家からの仕送りはストップできました。近き将来に備え、質素倹約による残りの学資は貯金に心がけました。大学院時代はバイトにも精出しました。

三十四　竹中魂を体現する時空

（二〇一八年　会誌65）

竹中工務店施工の校舎鹿児島にある私立高等学校で非常勤講師を引き受けております。担当は「教育学」、保育や看護にも役立つ科目らしい。

最近、英文学専攻の方からオックスフォードのモットーはgladly learn, and gladly teachだと教わり、学問精進の心構えは、work hard, and encourage yourselfだと気づきました。『論語』の一節「来者の今に如かざるを知らんや」（子罕第九）にも共通していますね。加治木高校創立百二十周年記念に共著『龍門の志』を出版、好学自励の言葉を添えて母校の後輩たちに千部ほどプレゼントしました。竹中魂を体現する時空を私もしっかり生きています。

三十五　竹門会も東西合同で前進したいナァ

（二〇一九年　会誌66）

或る時、ある大学の方から「菩提寺での裃姿（会誌前号の写真）いいですね」と言われハッとしました。日本人にはカミシモが似合いそうですけど、竹門会の法被も欲しい頃ですね。

平成29年10月29日、母校（溝辺中）から創立70周年記念講演を依頼され「友愛の花」をテーマに語ってきました。記念品は母校名マーク入りのTシャツでした。

私は今、一橋大学卆の土師野良明さんと時々お会いしていますが、在京15年を経てUターンしたせいか、常に「肩組みあった」全国交流を色々心がけております。鹿児島から眺めると大阪も東京も同じなのです。竹門会も東西合同で前進しませんか。

三十六　歴史大賞功労賞を拝受

（二〇二〇年　会誌67）

令和元年七月九日満八十歳に達しました。傘寿祝は家族宴、妻喜寿との合同でした。揃って元気です。昨年は国内旅行が多く、静岡・神戸・北海道、特に稚内と枕崎とが昆布と鰹のコンカツ友好を進めているので、日本最北端の宗谷岬から北方風景を眺め、札幌では竹馬の友や東京での教え子とも再会、若き研究者たちともしっかり語りました。

若き日東京で着目し帰郷後分析を重ねた「松本亀次郎研究」が、先般、歴史大賞功労賞に認められました。彼の教育論はユニークです。「教育は、何等の求める所も無く、為にする事も無く、……大自然的醇化教育を施し、学生は楽しみ有るを知って憂ひあるを知らざる楽地に在って渾然陶化せられ、……日華親善は求めずして得られる副産物……」まるで、竹中精神を表現しているようであります。

三十七　竹中精神で頑張った青春

（二〇二一年　会誌68）

世界一周を夢見て早や傘寿。インドを皮切りに、欧米、豪州、アフリカと進み、中国には、８回。一番印象に残るのは一九八八年十月の北京です。中日関係史研究会の第1回討論会に招待され「京師法政学堂（北京大の前身）時代的松本亀次郎」を発表してきました。その時、米人Ｄ・レイノルド君が「日中文化友好史上にはGolden Decade 1898～1907があったんだねぇ」と励ましてくれました。北京大学にはカナダの女性研究者も一緒に表敬訪問をしましたが、二人とも英語・中国語・日本語をきちんと話せる有能な方々でした。

世界平和を目標に親しく語りあえる研究者集団が国際社会にも出来つつある姿をきちんと見てきました。松本亀次郎が「戦争反対」を掲げて中国人学生たちに日本語をやさしく教えていた史実に感動し、この半世紀、研究に精出しきた私ですが、国際社会で平和への道を開拓するにはまだまだ地道な努力を重ねなければできないだろうと思われます。（後略）

竹門会員の皆さんから会報に寄せられている「10年後のメッセージ」も頼もしく拝読しました。

60周年を超えた私たちの竹中育英会、専門や年齢の枠を越えた「絆」を活用して、私も人生をしっかり全うすべく精進したいと思うこの頃でございます。

（二〇二三年夏）

田んぼに立つことになるとは…とびっくりしているであろう・二宮金次郎君.

隣りのおじさんが二見剛史さんですよ.

三十八　私のふるさと――有川竹山

おわりに私のふるさと風景をご披露いたします。

鹿児島大空襲で父祖の地に疎開、溝辺小中学校時代つまり義務教育を受けました。高校時代は加治木、大学時代は福岡、結婚後東京へ、昭和五十五年Uターン、溝辺町に居住しています。

竹山でのイベント

南日本新聞

月夜の森 わくわく

宇曽ノ木川に灯ろうともす

溝辺・感謝の夕べ

大小の灯ろうが飾られた「水に感謝の夕べ」＝霧島市溝辺

霧島市溝辺の竹山地区で19日、「水に感謝の夕べ」があった。地区を流れる宇曽ノ木川沿いに大小の灯ろうがともされ、住民らでにぎわった。

市文化協会溝辺支部水の会主催で2回目。水に感謝するとともに、第2次世界大戦で亡くなった同地区出身者5人の冥福も祈ろうと開いた。18日の予定だったが雨で延期していた。

川、道沿いにろうそく入りコップを並べたほか、住民手作りの紙灯ろう15個も川に浮かべられ、幻想的な雰囲気に。参加者は、せせらぎの音を聞きながら語らったり、合唱したりした。

同会主宰の二見剛史さん(71)は「久々に集落がにぎわった。盆前後の恒例行事にしたい」と話した。

参加者記念撮影

あとがき

拙著『天地有情』は二〇一五年の初版、８冊目のエッセー集でした。その折、南日本新聞の「みなみネット」に紹介して下さったのが中島裕二郎霧島総局長。当時、私は「地方創生といわれるが、中央からの視点だけでは弱い……地域とは何か、特に農村とは何か。そこに住む人間がもっと自信を持って、自分たちみんなのまちづくりを推進する必要がある。……」と生意気な主張をしていたらしい。20年前のことです。

霧島三部作はその後のエッセー集で、

①霧島山麓の文化（二〇〇四）鶴丸印刷

②霧島市の誕生　（二〇〇六）国分進行堂

③霧島に生きる　（二〇〇八）国分進行堂

を出版いたしました。そんな日から早や十五年。

本誌は、地域文化誌『モシターンきりしま』に「學びの窓」として連載した38編と、「竹門会報」に寄稿した38編プラスの短文を集めたエッセー集です。今回は二部構成とし、その一「學びの窓」は生涯学習大学「志學館」在職時代の作文、その二「竹中精神」の方は総合実践道場「ふるさと」Ｕターン半世紀の記録を合成いたしました。一部と二部をまとめての誌名は「ふるさとの海と空」となりました。

建築業界の名門・竹中工務店では、昭和30年代から全国の大学生・高校生を対象に次世紀に役立つ人材を選び、竹中ゆかりの若者を育てる奨学会をつくられました。「竹中育英会」と称し、今や「学問」推進のリーダー的存在となっています。光栄なことに私はその一期生、社会的意気込みはまだスタートしたばかりですが、私たちにとってみればやっと第一コーナーを通過しようとしているところ、相応に自覚が求められています。

二〇二三年夏、東京遊学中の孫が久々に帰省、祖父母世代の青春を語ってほしいと今日も書斎に入ってきました。23歳、この孫たちの世代が活躍する夏がまもなくやってくるのです。

新三部作は

①みんなみの光と風（二〇二二）鶴丸印刷
②源　喜　の　森（二〇二三）国分進行堂
③ふるさとの海と空（二〇二三）国分進行堂

内容構成は①では(a)学び、(b)遊び、(c)感謝、(d)文化。②では(e)直向き(ひた)な心、(f)かごしまの文化力、(g)学びの世界。本誌③では(h)學びの窓、(i)竹中精神、と発展させました。新世紀へ地歩を進めるために「理論」と「実践」を交錯させながらエッセーを並べてみました。

私たちのふるさと鹿児島から遠く「海」を眺めると、南北六百粁に浮ぶ大小の島々が広がっていきます。そして九州の台地に上り、南日本の要地に立ちながら、大空を眺めることができます。天空の海に漂う私たち、その周囲に立ち並ぶ西南の地の輝きを世界に向けて発信するとどうなるか……。

父祖の地が溝辺村（むら）と称していた頃、地熱は火柱となり天空に輝きはじめます。八十年余、手をとりあって研究に教育に努力しあってきた竹馬の友らと歩んできた歳月を海と空から眺め直してみる時、未来への夢が大きくふくらんで参ります。

本誌の序文は小中高を共に学びあった竹馬の友・宗像恵大兄にお願いしました。その前に、君はアインシュタインと湯川秀樹両博士の友情を紹介してくれております。私共の実家は共に溝辺の農家です。兄さんご夫妻がお母様を大事にされながら、恵君の進学を励ましておられました。福島原子力村で働いていた頃行政に疑問を持ち、世界の未来に責任を感じはじめたらしい。大学院で研究を深め、外国留学の機会もつくり、本格的学問に精出し続けました。竹馬の友同志の語らいの中から京都哲学や国際交流の大切さを感じあう仲になった私たちでした。諸先輩たちの研究業績にも注目しはじめ、もう少し研究を続けたい、……という気持になってゆきました。

教育のあり方、大切さの自覚……つまりは生涯学習社会に生きるとはどんなことか、を語りあう中で、還暦を過ぎ、古稀に達し、次世代への贈り物を考えはじめた頃、学問の楽しさ、大切さを形にあらわすための目標は案外身近かなところにあることに気づいたのです。

エッセー書きで心をほぐしながら、学会等で発表してきた内容を総合的・統括的に書きなおしてゆく仕事に興味を持ってきたと言ったら大げさでしょうか。先輩・同輩・後輩たちから助言をいただきながら「生涯学徒」の世界を楽しむ晩年もよいものです。本書は雑学・乱学の拙稿、御笑覧ください。

二〇二三年秋

霧島市在住

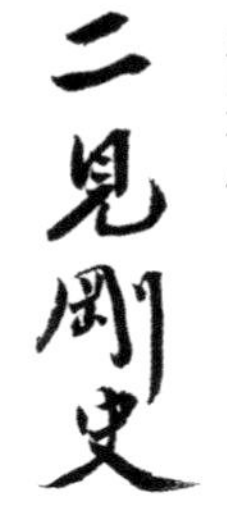

人名さくいん（五十音順・敬称略）

今回お世話になった方々

表紙・題字 二見 朱實
写真・カット 杉木 章
福永 友子
編集協力 山賀 孝吉 ほか
赤塚 恒久
吉原 かや ほか

人環博乙第92号

学位記

二見　剛史

昭和14年7月9日生

本学に学位論文を提出し所定の
審査及び試験に合格したので
博士(教育学)の学位を授与する

令和5年7月31日

九州大学

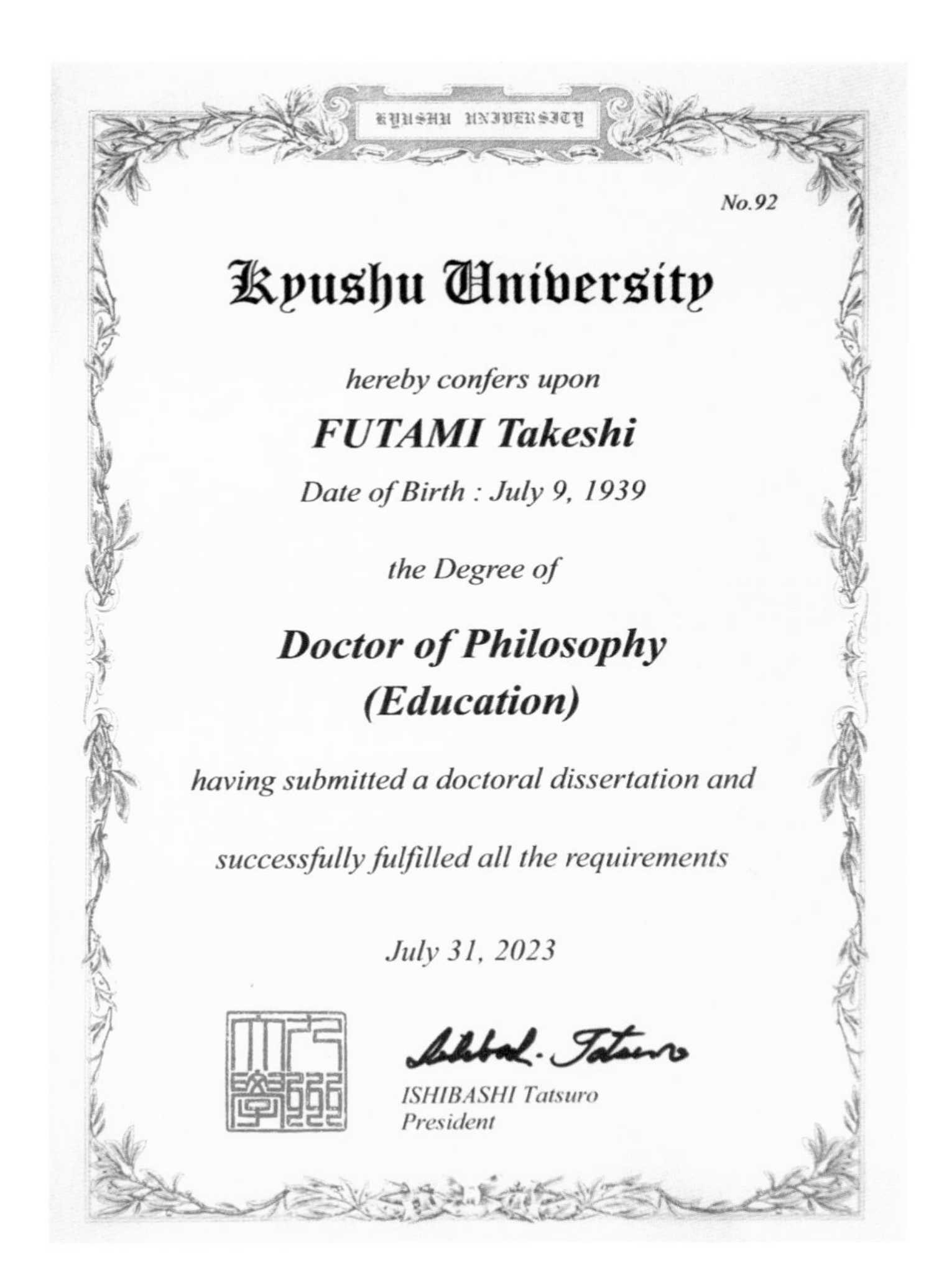
KYUSHU UNIVERSITY

No.92

Kyushu University

hereby confers upon

FUTAMI Takeshi

Date of Birth : July 9, 1939

the Degree of

Doctor of Philosophy
(Education)

having submitted a doctoral dissertation and

successfully fulfilled all the requirements

July 31, 2023

ISHIBASHI Tatsuro
President

著者略歴（自己紹介）

昭和14年　鹿児島市薬師町で出生
昭和20年　父祖の地溝辺村へ疎開・定住
昭和33年　加治木高校卒業後上福、九州大学博士課程を経て、助手（１年間）
昭和42年　国立教育研究所編『日本近代教育百年史（全10巻）』事業に参画（執筆）
昭和49年～昭和55年
　日本大学教育制度研究所　及（野間教育研究所〈非常勤〉）
昭和55年～平成17年
　鹿児島女子大学（現志學館大学）で教壇に立つ
　退職前後、鹿児島大学、国際大学、県内各地の専門学校等で非常勤講師
現在　・志學館大学名誉教授
　・九州大学より学位記（博士）授与さる
　・鹿児島県文化協会顧問
　・世界新教育学会（ＷＥＦ）理事

〔主要著書〕
・「日本近代教育百年史」（共著　1974）
・「いのちを輝かす教育」（編著　1996）
・「新しい知の世紀を生きる教育」（編著　2001）
・「鹿児島の文教的風土」（2003）
・「隼人学——地域遺産を未来につなぐ」（共著　2004）
・「はじめて学ぶ教育の原理」（共著2008）
・「日中の道天命なり——松本亀次郎研究」（2016）
・「地球市民の旅日記」（2016）
・「龍門の志」（母校へ贈る論文集）（共著　2017）
　・エッセー集（2001～2023）12編
　・論文（学会・共同研究等）多数

〔住所〕
〒899-6405
鹿児島県霧島市溝辺町崎森2731-5
TEL & FAX　0995-58-3878

ふるさとの海と空

2023年10月23日　発行

著　者　二見剛史

発行者　赤塚恒久

発行所　国分進行堂

〒899-4332
鹿児島県霧島市国分中央3丁目16-33
電　話　0995-45-1015
振替口座　0185-430-当座373
U R L　http://www5.synapse.ne.jp/shinkodo/
E-MAIL　shin_s_sb@po2.synapse.ne.jp

印刷・製本　株式会社国分進行堂

定価はカバーに表示しています
乱丁・落丁はお取り替えします

ISBN978-4-99108575-9-2　C0039